SPAN
FIC
FUR

$17

SEP 29 2016

El año que el mundo se vino abajo

BLUE ISLAND
PUBLIC LIBRARY

Clare Furniss

El año que el mundo se vino abajo

Traducción del inglés de
Sonia Tapia

Título original: *The Year of the Rat*

Fotografía de la cubierta: Lana Isabella / Getty Images

Copyright © Clare Furniss, 2014
Copyright de la edición en castellano © Ediciones Salamandra, 2016

Publicaciones y Ediciones Salamandra, S.A.
Almogàvers, 56, 7º 2ª - 08018 Barcelona - Tel. 93 215 11 99
www.salamandra.info

Reservados todos los derechos. Queda rigurosamente prohibida, sin la autorización escrita de los titulares del «Copyright», bajo las sanciones establecidas en las leyes, la reproducción parcial o total de esta obra por cualquier medio o procedimiento, incluidos la reprografía y el tratamiento informático, así como la distribución de ejemplares mediante alquiler o préstamo públicos.

ISBN: 978-84-16555-01-7
Depósito legal: B-10.403-2016

1ª edición, junio de 2016
Printed in Spain

Impresión: Liberdúplex, S.L. Sant Llorenç d'Hortons

Para Marianne, Joe y Ewan, con cariño

Yo quería escribir sobre la muerte, sólo que se entrometió la vida, como siempre.

Diario de Virginia Woolf,
17 de febrero de 1922

Marzo

La luz roja brilla a través de la lluvia en el cristal: borrosa, nítida, borrosa, siguiendo el ritmo de los limpiaparabrisas. Al pie del semáforo, delante de nosotros, se ha detenido el coche fúnebre. Procuro no mirarlo.

Mis manos no paran de moverse, como si no fueran mías; me tironean un hilo suelto de la manga, me estiran la falda hacia abajo para cubrirme más las piernas. ¿Por qué me he puesto esta falda? Es demasiado corta para un funeral. El silencio me angustia, pero no se me ocurre nada que decir.

Miro de reojo a mi padre. Tiene la cara inexpresiva, inmóvil como una máscara. ¿En qué estará pensando? ¿En mamá? A lo mejor sólo está pensando en qué decir, igual que yo.

—Deberías ponerte el cinturón —suelto por fin, con una voz demasiado alta.

Él da un respingo y me mira sorprendido, como si hubiera olvidado que voy en el coche.

—¿Qué?

Me siento estúpida, como si acabara de interrumpir algo importante.

—El cinturón de seguridad —murmuro, roja como un tomate.

—Ah. Sí. —Y luego añade—: Gracias.

Pero sé que en realidad no me escucha. Es como si estuviera atento a otra conversación, a un diálogo que yo no oigo. No se pone el cinturón.

Somos como dos estatuas, una al lado de la otra en el asiento trasero del coche, grises y frías.

Ya casi hemos llegado, ya estamos parando delante de la puerta de la iglesia, cuando él me apoya la mano en el brazo y me mira a los ojos. Tiene la cara pálida y llena de arrugas.

—¿Estás bien, Pearl?

Yo también lo miro. ¿De verdad no se le ocurre otra cosa mejor que decir?

—Sí —contesto por fin.

Y luego salgo del coche y entro en la iglesia sin él.

Siempre he pensado que cuando algo terrible va a ocurrir, uno lo adivina de alguna manera. Que esas cosas se presienten, como cuando el aire se carga de humedad antes de la tormenta y uno sabe que más vale ponerse a cubierto hasta que amaine el temporal.

Pero resulta que no, que no es así. Que no se oye una música espeluznante de fondo como en las películas, que no hay ninguna advertencia, ninguna señal. Ni siquiera un gato negro. «Corre —decía mamá cuando veíamos uno—, cruza los dedos.»

La última vez que la vi estaba en la cocina, con un delantal bien atado sobre su enorme barriga, rodeada de boles y moldes y paquetes de azúcar y harina. Habría pasado por una diosa doméstica de no ser por las obscenidades que estaba gritándole al viejo horno, que le contestaba con bocanadas de humo.

—¿Mamá? —le pregunté con recelo—. ¿Qué haces?

Ella se volvió hacia mí con la cara congestionada, su cabello rojo más desgreñado que nunca y salpicado de harina.

—¡Bailar un tango, Pearl! —me gritó, blandiendo una espátula en mi dirección—. Natación sincronizada. Tocar las campanas. ¿Tú qué crees que estoy haciendo?

—Sólo era una pregunta. No te rayes. —Lo cual no estuvo muy acertado, porque mamá tenía toda la pinta de ir a explotar en cualquier momento.

—Estoy haciendo una dichosa tarta.

Aunque no dijo «dichosa», sino algo peor.

—Pero si no sabes cocinar —le señalé, muy razonable por mi parte.

Me clavó una mirada que podría haber desconchado la pintura de la pared si no llevara ya unos cien años desconchada.

—Este horno está poseído por el diablo.

—Bueno, pero no es culpa mía, ¿no? La que se empeñó en que nos mudáramos a una ruina donde nada funciona fuiste tú. En nuestra antigua casa teníamos un horno estupendo. Y un tejado sin goteras. Y una calefacción que calentaba y todo, no como ésta, que lo único que hace es ruido.

—Vale, vale. Me ha quedado claro —replicó, mirándose una fea quemadura que tenía en un lado de la mano.

—Igual deberías meterla debajo del grifo —le sugerí.

—¡Sí, gracias, Pearl! —respondió con un ladrido—. Muchas gracias por el privilegio de tu experiencia médica. —Aun así, se acercó al fregadero, todavía mascullando palabrotas.

—¿No se supone que las embarazadas tienen que estar muy serenas? ¿No tenéis que estar radiantes y llenas de un júbilo interior o no sé qué?

—No. —Mamá dio un respingo al meter la mano bajo el agua fría—. Se supone que tenemos que estar gordas y sufrir impredecibles cambios de humor.

—Ah. —Disimulé una sonrisa, en parte porque me daba un poco de pena y en parte porque no estaba muy segura de dónde acabaría la espátula si mamá me veía sonreír.

En el pasillo se oyó de pronto una carcajada sofocada.

—¡No sé de qué demonios te ríes! —gritó mamá a la puerta de la cocina.

Por ahí asomó la cabeza de mi padre.

—¿Yo? —preguntó él, abriendo mucho los ojos con expresión de inocencia—. Yo no me estoy riendo. Sólo venía a felicitarte por dominar con tanta maestría esos cambios de humor.

Mamá lo miró, enfurecida.

—Aunque, si no recuerdo mal —prosiguió mi padre, manteniéndose, eso sí, fuera de su alcance—, ya se te daba de maravilla antes de quedarte embarazada.

Por un momento pensé que mamá le iba a tirar una sartén a la cabeza. Pero no. Se quedó ahí, en mitad de la cocina destartalada, entre el desparrame de cáscaras de huevo y manchas de chocolate, y de pronto se echó a reír como una loca, y siguió con el ataque hasta llorar de la risa, al punto que ya no sabíamos si reía o lloraba. Papá se acercó y le cogió las manos.

—Anda, siéntate —le dijo mientras la acercaba a una silla—, te voy a preparar un té. Se supone que tendrías que hacer reposo y estar tranquila.

—Putas hormonas. —Mamá se enjugó los ojos.

—¿Seguro que sólo son las hormonas? —le preguntó papá, un poco preocupado—. ¿Seguro que estás bien?

—No te preocupes tanto. —Ella sonrió—. Estoy bien, de verdad. Pero es que... en fin, mira qué pinta tengo. Estoy tan gorda que me van a adjudicar un código postal propio. Sólo Dios sabe cómo estaré dentro de otros dos meses. Y mis tobillos parecen los de una vieja. Es muy desconcertante.

—Pero valdrá la pena —aseguró mi padre.

—Ya lo sé —contestó ella, con las manos sobre la barriga—. La pequeña Rose. Sí que valdrá la pena.

Y ahí se quedaron, sonriendo como dos idiotas.

—Uy, sí —dije yo con una mueca—. Pasar las noches sin dormir, pañales apestosos... Sí que valdrá la pena, sí.

Cogí mi chaqueta, que estaba colgada en el respaldo de una silla, y di media vuelta.

—¿Vas a salir? —me preguntó mamá.

—Sí. He quedado con Molly.

—Pearl, espera. Ven aquí.

Tendió los brazos, sonriente. Así era siempre con mamá. Por más que se hubiera pasado contigo, y por mucho empeño que pusieras tú en no perdonarla, ella como que te hipnotizaba o algo.

—Perdóname, cariño. No tendría que haberte gritado. Es que tengo un dolor de cabeza espantoso, pero no debería haberlo pagado contigo. Estoy hecha una vieja amargada.

—Eso es verdad —dije, sonriendo también.

—¿Me perdonas?

Metí un dedo en la masa cruda de la tarta de chocolate para probarla. Estaba sorprendentemente buena.

—Desde luego que no. —Me incliné sobre su barriga para darle un beso—. Anda, vete a ver alguna tontería en la tele y pon en alto esos pies de abuela, ¿quieres? Dale a ese pobre bebé un poco de paz y tranquilidad por una vez.

Ella me asió la mano, riéndose.

—Quédate a tomar un té conmigo antes de irte.

—No puedo, de verdad. Vamos al cine y Molls ya ha comprado las entradas. —Le di un apretón en la mano—. Nos vemos luego.

Pero me equivocaba.

En la iglesia hace frío. Hundo las manos dentro de las mangas para calentármelas, pero a medida que avanza la ceremonia, es como si el frío se me fuera metiendo por dentro. Me imagino que se forman cristales de hielo en mis venas. A mi alrededor todo el mundo llora, pero yo no siento nada. Sólo frío.

Todo está mal. A mamá esto le habría espantado: la música solemne, la monótona voz del sacerdote. Yo no presto atención. Todavía estoy intentando entender cómo he llegado aquí, cómo dio el mundo un vuelco y yo me caí de mi vida cómoda y predecible y aterricé aquí, en este lugar frío y desconocido.

Por lo menos la ceremonia ya casi ha terminado. Están todos entonando la última y deprimente canción, sin embargo, yo no puedo. Yo sigo aquí de pie, con los dientes apretados, preguntándome, cada vez más angustiada, por qué no estoy llorando. ¿Por qué no puedo llorar? ¿Se dará cuenta la gente? ¿Pensarán que todo me da igual? Me suelto el pelo de detrás de las orejas y lo dejo caer como una cortina oscura sobre mi cara.

El ataúd pasa de largo, todo bronce reluciente y lirios de olor dulzón y agobiante. ¿Por qué lirios, tan tiesos y formales? A mamá le encantaban las flores que crecían donde les daba la gana. El rosa entre la maraña de la madreselva, el amarillo en los setos, el vistoso destello de las amapolas en las cunetas de las autopistas.

Y de pronto sé que está aquí. Sé que si miro a mi alrededor la veré ahí sola en mitad del último banco, y que me saludará con la mano y me sonreirá y me soplará un beso, como si yo tuviera cinco años y estuviéramos en la representación de Navidad del colegio. El corazón me martillea de tal manera que hasta me mareo. Me tiemblan las manos.

Me doy la vuelta.

Veo filas y filas de gente sombría, vestida de oscuro. Me pongo de puntillas para mirar más allá. Ahí está Molly, con su madre. Tiene los ojos enrojecidos y, al verme, me dirige una sonrisa triste. Pero yo no sonrío.

El último banco está vacío.

Ha dejado de llover. Me quedo ahí fuera, respirando el aire fresco y húmedo, deseando que nadie advierta mi presencia, mientras que a papá lo rodea un enjambre de gente vestida de oscuro. Una mujer alta con un sombrero que parece un cuervo muerto le está diciendo cuánto lo siente. Pero él no la escucha. Veo que se palpa el bolsillo en busca del móvil. Quiere llamar al hospital para ver cómo está el bebé, seguro. Cuando no está con la niña, y está con ella casi siempre, tiene que llamar cada media hora. Sé que le da pánico pensar en lo que podría pasar si no llamara. Incluso ahora, cuando sólo debería estar pensando en mamá.

En el momento en que el grupo empieza a bajar la colina, me quedo rezagada, apartada de las señoras de los sombreros y sus pésames, en un intento de demorar el silencioso trayecto al cementerio. Para cuando voy a subir al reluciente coche del cortejo fúnebre, papá ya está esperándome dentro. Desde fuera no lo veo bien por la ventanilla tintada. Sólo distingo su perfil enmarcado en mi propio reflejo. Tengo la cara distorsionada, fina y alargada, y mis ojos, cerca del cristal, se ven enormes. Sólo en eso me parezco a mamá. Yo hubiera preferido su pelo. «¿Tú sabes lo que llegué a aguantar en el colegio por ser pelirroja?», me decía ella. Pero lo que heredé fueron sus ojos: verdes, de pestañas oscuras. Por un momento es como si mamá estuviera mirándome por la ventanilla.

—Tengo que volver —anuncio—, me he dejado el paraguas.

Mi padre no me oye, pero en lugar de abrir la ventanilla, me dice algo. Veo sus labios moverse en silencio al otro lado del cristal. Nos sostenemos la mirada un momento, impotentes. Como si estuviéramos cada uno en un extremo del mundo.

Siempre hemos tenido muy buena relación mi padre y yo. No me gustaba nada que la gente dijera que era mi padrastro, porque para mí, desde mis primeros recuerdos, siempre fue mi padre. Y no creía que nada pudiera cambiar eso.

Ahora sé en qué momento exacto ocurrió. Estábamos junto a la incubadora, dos horas después de que mamá muriese.

—Mírala —me susurró.

Yo no sabía si me hablaba a mí o estaba hablando solo, pero aunque no quería, y aunque me temblaban las manos y me encontraba fatal, hice un esfuerzo por mirar.

Todavía conservo esa imagen de una niñita rubia y con hoyuelos, ese bebé de anuncio que me imaginé cuando mamá me anunció que estaba embarazada, el bebé para el que Molly y yo habíamos elegido patucos, vestidos y mullidos pijamas con orejas de osito.

Y entonces la vi a ella. Y por un segundo, lo único que pude pensar fue en aquella vez en que nuestra gata *Hollín* había tenido gatitos. Yo tenía cinco años. Llevaba semanas ilusionada y nerviosa y se lo había contado a todo el colegio. Mamá me había dado un libro especial que explicaba cómo cuidarlos y, todas las noches, antes de dormir, me quedaba un rato contemplando las fotos de aquellos gatitos tan esponjosos y adorables. Hasta que un día, mamá me llevó a la habitación trasera y señaló un cajón abierto de la cómoda. Y allí estaban aquellas ratas rosadas y arrugadas, retorciéndose ciegas. Miré a mamá horrorizada porque pensé que había pasado algo espantoso, pero ella sonreía sin entender nada, y yo salí de la habitación corriendo y llorando porque odiaba a los gatitos.

Ahora, al ver aquella maraña de tubos, aquella piel más fina que el papel, marcada de venas, aquella criatura esquelética y alienígena dentro de la incubadora, me di cuenta de que no era el horror lo que me hacía temblar. Ni el dolor. Era el odio: un odio enorme, oscuro, aterrador. Sentí que caía en el vacío. Necesitaba agarrarme a algo, y estaba tan asustada que me volví hacia papá...

Y él estaba inclinado sobre ella, sobre el bebé rata, sobre la causa de que mamá estuviera muerta, centrado en ella como si no existiera nada más en el mundo.

Y lo único que yo deseaba era hacerle daño.

—La quieres más a ella que a mí, ¿verdad? —La voz me salió clara y fría—. Porque... —Tuve que obligarme a decirlo—: Porque ella es tuya y yo no.

Y funcionó. Mi padre dio un respingo como si lo hubiera abofeteado.

—¿Cómo puedes pensar eso? —exclamó, con los ojos muy abiertos, horrorizado. Me cogió por los brazos y dijo—: Tú eres mi hija. Sabes que nunca podría querer a nadie más que a ti.

Y tenía razón. Siempre lo había sabido. El hecho biológico jamás había tenido la más mínima importancia. Pero ahora...

Me zafé de sus manos y me aparté. ¿Qué importaban ahora sus lágrimas?

Él la quería.

Horas más tarde volvimos a casa por las conocidas pero irreales calles de Londres. Ya empezaba a clarear: una adormilada mañana de domingo, las cortinas de las casas todavía corridas. El cielo era de un azul límpido, y la escarcha relumbraba en los tejados bajo la fría luz del sol.

Papá abrió la puerta, y al otro lado apareció nuestra vida como expuesta en un museo: perfectamente conservada, con cientos de años de antigüedad.

Me dirigí a la cocina intentando no fijarme en las zapatillas de mamá en el recibidor, en nuestra foto del verano anterior, en Gales, enganchada en la nevera.

En medio de la cocina estaba la tarta de chocolate. Nos quedamos mirándola, estupefactos. ¿Cómo podía seguir ahí, perfecta, redonda, deliciosa? La harina que ella había amasado, los huevos que había batido.

Y entonces fue como si dentro de mi padre algo se desplomara. Yo misma lo vi: súbito pero como a cámara lenta, imparable igual que una avalancha. Emitió un ruido muy extraño, un sollozo o quizá un grito furioso y asustado. A continuación, cogió la tarta y la estampó contra la pared. Y los pedazos, oscuros y densos, se deslizaron lentamente hacia el suelo.

Y al ver aquel estropicio, algo se desplomó también en mi interior.

—¡La había hecho ella! ¡La había hecho para nosotros! —grité, pero ni siquiera parecía mi voz.

Me lancé contra mi padre y le di tal empujón en el pecho que retrocedió tambaleándose, con los ojos muy abiertos del pasmo. Luego me largué corriendo.

De pronto, con una fuerza que me asustó, deseé que el muerto hubiera sido él.

De nuevo en la iglesia, recorro el pasillo hasta el banco de antes. Ahora que está vacía, parece enorme. Me arrodillo para recoger el paraguas y me lo meto en el bolso. Por un momento me siento tan agotada que me parece que no podré volver a incorporarme. Aquí se está a gusto. El silencio no me asfixia como en el coche. Aquí me da paz. Cierro los ojos, agacho la cabeza. No rezo ni nada de eso, sólo noto la presión de la oscuridad en los párpados. No quiero volver a salir. No quiero ir en ese coche con mi padre, ni al cementerio ni a comer bocadillos resecos con todo el mundo, como en el funeral de la abuela Pam. No puedo. Yo sólo quiero quedarme aquí de rodillas con los ojos cerrados.

Pero mi padre me espera fuera.

Me levanto con esfuerzo y doy media vuelta.

Y allí está. Sola, sentada en el último banco.

Tiene los ojos fijos en mí, y por un instante capto una expresión que no le conocía: una fiera expresión de alegría y anhelo. Pero desaparece en cuanto nuestras miradas se encuentran. Entonces sonríe, se levanta y me tiende los brazos.

No puedo moverme. No me atrevo. Cualquier movimiento súbito podría hacer que echara a volar como un pájaro o que se desvaneciera en las sombras. Apenas me permito respirar.

—No pasa nada —me dice. Y a pesar de la sonrisa, se le quiebra la voz—. Soy yo.

Por fin, muy despacio, me acerco a ella. Mis zapatos resuenan en el silencio de la iglesia. Al llegar al último banco, me quedo parada, fijándome en todos y cada uno de los detalles: sus rizos pelirrojos recogidos de cualquier manera con un pasador, las diminutas motas ambarinas en sus ojos verdes, los cordones deshilachados de sus viejas zapatillas de baloncesto.

—¿Qué haces aquí? —susurro.

Ella guarda silencio un momento. Y luego se echa a reír, con alegres carcajadas que resuenan en toda la iglesia, en la bóveda de piedra del techo, en el frío espacio que nos rodea.

—Es mi funeral, Pearl. ¿Cómo iba a faltar?

Me da vueltas la cabeza y tengo que apoyarme en el banco. Mamá está aquí. La estoy viendo.

—Pero si estás... —No logro pronunciar la palabra.

—¿Muerta? —replica ella con una mueca burlona—. Bueno, sí. Es lo que tiene acudir a tu propio funeral.

—¡No te lo tomes a broma! —le grito, indignada—. ¡No te atrevas!

Mi rabia resuena en los oscuros recovecos de piedra.

Ella, sin decir nada, toma mi cara entre sus manos hasta que se le mojan los dedos con mis lágrimas. Y entonces me abraza con fuerza y me besa el pelo.

No puedo hablar. Todo mi cuerpo se sacude con fuertes sollozos que surgen de muy dentro de mí. Incluso cuando cesa el llanto, sigo con la cara pegada a ella. Sé que no puede ser real, pero no me importa. De alguna manera, mamá está aquí. Huelo su fragancia, ese olor cálido y familiar.

—Pero... ¿cómo...?

No contesta, y no pregunto más. Las preguntas podrían romper el hechizo. Y además, quizá prefiera no saber. Debo de estar loca. O a lo mejor estoy soñando y, si pienso demasiado, despertaré.

Me da igual. No importa. Mamá está aquí.

Y entonces la aparto.

—¿Por qué te saltaste la revisión con la comadrona? Dijeron que si hubieras ido, habrían detectado que pasaba algo, te habrían hecho pruebas y todo eso. ¿Por qué no dijiste que te encontrabas mal?

Ella se encoge de hombros, impaciente.

—Era sólo un dolor de cabeza, Dios mío. No sabía que era grave.

La miro y las lágrimas vuelven a correr por mis mejillas.

—Ni siquiera te despediste.

—Ya lo sé. —Ha contestado con voz muy queda, y de pronto me da miedo.

—¿Para eso has venido, para despedirte?

Mamá no me dice nada, sólo sonríe. Pero es una sonrisa triste. Se sienta, parece desinflada.

—Ay, Pearl, lo siento muchísimo. Vaya desastre, joder.

—¡Mamá!

—¿Qué?

—¡Que estamos en la iglesia!

—Ah, sí, por cierto, ¿a quién coño se le ocurrió la idea de hacerme una misa de réquiem completa? ¡No se acababa nunca! Seguro que al final todo el mundo hubiera preferido ser el muerto en el ataúd.

—Bueno... fue la abuela...

Mamá entorna los ojos.

—Ah. Ah, ya. Claro. Debería habérmelo imaginado. Metiéndose donde no la llaman, como siempre. Ya la conocemos.

Me encojo de hombros. No he visto a la abuela desde que era muy pequeña y la verdad es que apenas la recuerdo. Mamá y ella no es que se llevaran Muy Bien. Mi padre la llamaba algunas veces, cuando mamá había salido, y mamá fingía no saber que seguían en contacto.

—Papá dice que está muy afectada...

—Ah, sí, ¿verdad? Ya he visto que no tanto como para aparecer por aquí. Supongo que tendrá algo más importante que hacer. Su clase de pilates, a lo mejor. O su manicura semanal. O tal vez es que no valía la pena pagar el billete de tren desde Escocia sólo para mi funeral.

Alucino. Mamá está muerta. Y ahora está aquí. Y todavía se mete con la abuela.

—Mamá... —Ya he oído como un millón de veces la retahíla que va a soltarme, pero sé que no hay quien la pare.

—Nunca le gusté, Pearl. Nunca le parecí bastante buena para su precioso hijito. Una espantosa madre soltera que de pronto aparece con un bebé llorón lleno de mocos...

—¡Perdona, pero estás hablando de mí!

—...Que viene a robarle a su querido hijito. Ahora mismo estará descorchando una botella de champán.

—En realidad fue papá quien le dijo que quizá era mejor que no viniera, con todo lo que ha pasado. Dijo que no estaba muy seguro de que tú hubieras querido que viniese. Pero sí mandó flores.

—Ah. —Mamá se sienta en el banco, como sorprendida, sin saber qué decir por una vez.

—Además, no puedes echarle toda la culpa a la abuela. A papá también le pareció lo mejor. Lo de celebrarlo en la iglesia, digo. Yo ya le dije que a ti no te hubiera gustado, pero él decía que «por si acaso». Ya sabes. Tampoco molesta a nadie, ¿no? —Aunque de pronto me entra la duda—: ¿O sí?

Mamá suspira.

—En la iglesia hace siempre un frío del copón. —Se estremece y, con gesto distraído, mete una mano en el bolsillo para sacar un paquete de tabaco.

—¡Mamá!

—¿Qué? Ah, sí. Ya. Estamos en la iglesia. —Se encoge de hombros—. Pero bueno, es mi funeral, al fin y al cabo.

Se ríe un poco de su propio chiste y me mira esperanzada para ver si también me ha hecho gracia.

Pero no, no me río.

—Has dejado de fumar, ¿te acuerdas?

Ella esboza una mueca.

—Pearl, no me des la vara, anda. Una de las pocas ventajas de estar muerta es que por fin ya no tienes que renunciar a nada.

Y, por supuesto, ya no está embarazada. Pero me deshago de ese pensamiento. No quiero pensar en la Rata. Ni, desde luego, hablar de ella. Quiero a mamá para mí sola.

Da una larga calada y exhala un anillo de humo que asciende, se expande y va difuminándose cada vez más hasta desaparecer.

¿Cómo puede estar aquí? Todavía le doy vueltas a la pregunta, pero hay algo más importante que necesito saber.

—¿Cuánto tiempo puedes quedarte? —Lo digo en un suspiro, casi sin atreverme a pronunciar las palabras.

Y justo cuando está a punto de contestarme, resuena en la iglesia un portazo. Sobresaltada por el ruido, doy un respingo y al volverme veo a mi padre, que acaba de entrar.

—Venga, que tenemos que irnos —me apremia, impaciente—. No podemos hacer esperar a todo el mundo.

Doy la vuelta completa para encararme con mamá, pero ya sé que se ha ido.

—Además, ¿qué hacías aquí?

—¿Qué?

Miro a mi padre sin entender, casi sin oírlo siquiera. Mamá se ha ido, es lo único que puedo pensar. Había tantas cosas que necesitaba preguntarle... Y ahora puede que no vuelva a verla más.

—Que por qué has vuelto —repite él, con un tono más suave.

—Me había dejado una cosa —contesto, intentando reprimir el llanto.

—¿La has encontrado?

—Sí. Sí que la he encontrado.

Al salir por la puerta me vuelvo hacia donde estaba mamá.

Un rayo de luz atraviesa de pronto una vidriera y derrama los colores del arcoíris en el suelo de piedra.

Ha salido el sol.

Abril

—Bueno, me voy al hospital. —Papá apura el café y, en su prisa por marcharse, se lleva la tostada—. Y cuando salga del trabajo también iré directamente para allá, así que no llegaré hasta tarde. Por lo visto, Rose pasó ayer una buena noche.

Se esfuerza por sonar alegre y animado, como si pudiera hacernos creer a ambos que todo va bien. Pero está pálido y macilento. A veces me despierto por la noche y lo oigo llorar en silencio. Me quedo quieta, acostada en la oscuridad sin saber qué hacer, con la sensación de estar invadiendo su intimidad. Cuando lo oigo llorar así, luego no puedo volver a dormirme, y las noches se alargan y se alargan y al final no estoy ni despierta del todo ni dormida. A veces me da por pensar que no amanecerá y que me quedaré ahí atrapada, yo sola, en esa especie de limbo, en esas horas sombrías para siempre.

—¿Seguro que no quieres venir conmigo?

Todos los días me pregunta lo mismo cuando llega a la puerta, como si en realidad pretendiera evitarlo pero en el último momento ya no pudiera contenerse. Él quiere que suene como si no le importara mi respuesta, pero yo no puedo mirarlo a la cara porque sé que su expresión no tiene nada que ver con su voz. Cuando veo lo mucho que desea que yo quiera a la Rata se me revuelven las tripas, así que en lugar de mirarlo, me dedico a hundir la cuchara en mis cereales reblandecidos.

—¿Te vas a comer eso? —me pregunta. Pero ya sabe la respuesta—. Tienes que comer, Pearl. —No puede disimular su tono de frustración—. Bastantes preocupaciones tengo para que encima tú... —Se controla, pero sus palabras quedan suspendidas entre nosotros en el aire congelado—. Lo siento. Perdóname, cariño. Sólo quería decir... —Busca una palabra para terminar la frase, pero no necesita molestarse. Sé muy bien lo que quería decir—. Pearl, mírame —me suplica.

Pero lo que yo miro son los cuatro cuadraditos pintados en la desconchada pared gris de la cocina, a su espalda. Los pintó mamá hace meses, cuando nos mudamos a esta casa, cuando probaba diferentes colores que venían en pequeños botecitos de muestra. Mamá tenía grandes planes de decoración desde que vimos la casa por primera vez. Siempre aparecía con telas para cortinas y distintos papeles para las paredes. Pero, como le pasaba siempre con sus proyectos, al cabo de un tiempo perdió el interés. La mudanza se alargó muchísimo, porque todo parecía salir al revés, y mamá se pasaba el día gritando por teléfono a los abogados y a los de la hipoteca, y para cuando por fin nos mudamos, toda su energía y su entusiasmo habían desaparecido. Y cuando avanzó su embarazo, lo único que hacía era gruñir y lloriquear por el estado de la casa: las paredes mugrientas, las ventanas destartaladas, las goteras...

—¿No te ibas? —le pregunto a mi padre, ciñéndome la bata.

Él suspira, demasiado cansado para insistir.

—Bueno. Anda, intenta estudiar un poco, entonces. Ya sé que es difícil, Pearl, pero la semana que viene vuelves al instituto, y antes de que te des cuenta tendrás encima los exámenes.

No contesto. Hace casi un mes que no voy a clase. Después del funeral de mamá llegaron las vacaciones de Semana

Santa, así que no he vuelto desde que murió. Mientras he estado aquí sola, escondida, todo se ha detenido, y odio la perspectiva de volver al mundo real, la idea de que la vida siga sin mamá. Y además sé muy bien lo que pasará en el instituto: que todo el mundo estará al corriente, que todos me mirarán con disimulo y cuchichearán a mis espaldas, como cuando metieron en la cárcel al padre de Katie Hammond, o cuando averiguamos que Zoe Greenwood se había quedado embarazada. Sólo de pensarlo me pongo enferma.

—No pongas esa cara —me dice mi padre—. Molly cuidará de ti, ¿no?

Molly siempre ha cuidado de mí. Hasta ahora.

—Esta noche, a la vuelta, me pasaré por el supermercado. Así traigo algo bueno para cenar, si no te importa cenar tarde. O podríamos pedir la cena por teléfono, ¿te apetece?

Me levanto y tiro el engrudo de cereales a la basura.

—No te preocupes.

—Hago lo que puedo por ayudar —dice él, cansado. Y por un momento me entra una rabia tan fuerte que tengo que darle la espalda. Me apoyo en el fregadero y miro por la ventana la jungla gris verdosa del jardín.

—¿Cómo puedes ayudar? ¿Cómo puede ayudar nadie?

Las palabras se me atascan en la garganta. Precisamente él debería saber mejor que nadie lo vacía y lo inútil que es esa expresión.

Pero cuando doy media vuelta, ya se ha ido.

Intento alegrarme de estar sola, pero sólo consigo sentirme pequeña. El silencio y el vacío de la casa, de todas sus roñosas habitaciones, se me cae encima. Y ahora que estoy sola no puedo pasar por alto esa tensa sensación de tener el estómago revuelto. Enciendo la radio. Preparo un té que no me tomo. Me obligo a darme una ducha y alzo la cara hacia el chorro de agua caliente. Me pongo la misma ropa que ayer.

Pero nada funciona. Por mucho que intente evitarlo, no hago más que esperarla.

Han pasado casi tres semanas desde el funeral y no hay ni rastro de ella, ni un atisbo, ni un susurro, ni la más mínima señal de que haya estado por aquí mientras yo miraba a otro lado. A veces dejo abiertas las puertas del patio, casi esperando que venga a cerrarlas. Siempre tuvo mucha manía a las corrientes. Pero mi padre se pone negro. «Por el amor de Dios, Pearl, ¿a qué juegas? Ya hace bastante frío en esta casa para que encima te dejes las puertas abiertas.»

Una noche que tuvo que quedarse en el hospital, encontré el perfume de mamá en el armario de debajo del lavabo. Me senté en la cama y lo rocié en el aire con la esperanza de conjurarla. Cerré los ojos y, por un momento, al oler su fragancia, pensé que estaba allí, pensé que al abrir los ojos me la encontraría delante, diciéndome: «No lo malgastes así, no sé si sabes que costó un pastón.» Pero no. No estaba. Y me dolió tanto oler ese perfume que no podía ni respirar y tuve que cerrar los ojos de nuevo para contener las lágrimas. Así que ahora lo he vuelto a dejar en el armario debajo del lavabo.

Incluso regresé a la iglesia, pensando que si me arrodillaba en el mismo sitio e inclinaba la cabeza y cerraba los ojos, volvería a verla. Pero estaba cerrada a cal y canto. Al final apareció una mujer con un pañuelo en la cabeza que llevaba la llave. Me explicó que iba a arreglar las flores para una boda al día siguiente y me preguntó si quería entrar. Pero yo dije que no con la cabeza. ¿Qué hacía allí? Menuda tontería. Pues claro que mamá no estaba allí. ¿Cómo se me había ocurrido? Aun así, cuando la mujer abrió con su mano enguantada, me asomé un momento, casi esperando ver un movimiento entre las sombras, o el humo delator del tabaco. No puedo evitarlo. Por muchas veces que piense que no volverá, o que fueron imaginaciones mías, o que estoy loca, no hago más que esperarla.

Cuando bajo la escalera, con cuidado de no tropezar con las tachuelas que antes sujetaban la moqueta, oigo un roce en la habitación pequeña junto a mi dormitorio. Me quedo petrificada. Es la habitación que mamá pensaba convertir en su estudio. Permanezco completamente inmóvil, sintiendo un hormigueo en las manos, atenta al silencio. Y de pronto... ¡otra vez! Me precipito escaleras arriba con el corazón desbocado.

—¿Mamá?

Tiendo la mano temblando. Pero al abrir la puerta me encuentro una habitación vacía, excepto por la mesa y la silla de mamá y varias cajas de la mudanza, todavía sin abrir, marcadas como «ESTUDIO DE STELLA» con la letra de mamá.

Hollín aparece detrás de una, ronroneando.

—Ah, eres tú. —La gata se acerca tranquila y se enrosca entre mis piernas. Yo, a pesar del chasco, me siento en la silla y me la pongo en el regazo.

Llevamos aquí ya más de cuatro meses, pero todavía parece una casa ajena. Hay cajas de cartón por todas partes, en el mismo sitio donde las dejaron los impacientes hombres de la mudanza el gélido día en que llegamos, un par de semanas antes de Navidad. Sólo hemos desempaquetado lo esencial: los cacharros de cocina, los edredones, los despertadores. Pero mamá decía que no valía la pena sacar nada más hasta que hubiéramos pintado y arreglado un poco la casa. Así que el resto de nuestra antigua vida sigue en las cajas, prudentemente fuera de la vista. La desnudez de las habitaciones no hace más que resaltar lo destartaladas y deprimentes que son. Parece que no le hayan dado una mano de pintura a la casa desde que los dinosaurios dominaban la tierra.

—Exageras un poquito —me replicó mamá cuando expresé esta opinión, la primera vez que vinimos a verla, a finales del verano pasado—. Sólo necesita un poco de atención y cariño.

—Sí, y unas veinte mil libras —masculló papá—. No hay forma de...

—Ya verás —le dijo mamá, echándose a reír, y le dio un beso en la mejilla.

Y mientras nosotros deambulábamos de un lado a otro, ella iba transformando las sombrías habitaciones, imaginándose paredes de vivos colores y cojines de terciopelo, parquet bien pulido, alfombras orientales, y un crepitante fuego en la chimenea ante la que *Hollín* se desperezaría soñando con ratones.

—¿Soñando? —dijo papá—. Estoy seguro de que esto está lleno de ratones de verdad.

Pero el agente de la inmobiliaria miraba a mamá, impresionado.

—Madre mía —exclamó—, debería usted hacer mi trabajo. No le apetecerá venir conmigo a la próxima cita que tengo, ¿verdad?

Al final la única habitación que mamá había llegado a decorar fue la del bebé. Estaba decidida a dejarla perfecta. Lijó y barnizó el parquet, limpió bien las sucias paredes para pintarlas de un blanco reluciente. Arrancó el papel enmohecido mientras mi padre acechaba nervioso junto a la puerta viéndola balancearse en lo alto de la escalera.

—Déjame a mí —le suplicaba. Pero ella se negaba.

Hubo mucho golpetazo y un montón de palabrotas, pero el caso es que consiguió terminar la tarea. Luego colocó un papel terso y claro y lo pintó del color de los jacintos. Colgó móviles y lucecitas e incluso confeccionó unas cortinas con la vieja máquina de coser de la abuela Pam.

—¡No sabía que supieras coser! —dije, sorprendida.

—Pues claro que sé. Cuando estaba en la escuela de arte me hacía yo misma la ropa.

Yo me quedé más pasmada que si de pronto se hubiera puesto a levitar.

—Tengo muchos talentos ocultos, Pearl —añadió entonces ella, sonriendo.

Es como si esa habitación perteneciera a otra casa, o tal vez como si ésta existiera en un universo paralelo donde todo es diferente. Al entrar en ese cuarto te sientes un poco como en *El mago de Oz*, cuando todo cambia del blanco y negro al color.

Claro que ahora ya nunca entramos. La puerta, de un blanco reluciente, está siempre cerrada.

Me suena el móvil, y sin mirar ya sé que es Molly. Me llama y me manda mensajes todos los días para ver cómo estoy, desesperada por que nos veamos. Pero nunca contesto, no sé por qué. Creía que sí querría verla, porque siempre ha estado ahí, siempre he podido contar con ella, desde que éramos muy pequeñas, cuando empezamos juntas el colegio.

Leo su mensaje: «Kdamos mñana? Spero k stes bien. Muak.»

Querrá hablar de mamá, del bebé. Pero no puedo hablarle de mamá porque pensará que estoy loca. Y sé que no entenderá lo de la Rata. A Molly le encantan los bebés. Y después de todo el tiempo que nos pasamos viendo ropa de recién nacido y pensando nombres...

No quiero hablar, ni con Molly ni con nadie. Sólo con mamá. Sin embargo, sé que a Molly le dolerá si no contesto, y el instituto empieza la semana que viene. No puedo seguir escondida aquí el resto de mi vida.

«Vale», le escribo. Pero mi pulgar se queda suspendido sobre la tecla de «enviar». Luego, a lo mejor. Y vuelvo a guardarme el móvil.

Hollín se baja de un brinco de mi regazo, con una mirada de reproche, y luego se sube a una caja donde se lee «ESTUDIO DE STELLA (PERSONAL)» y se acomoda en un hueco con forma de gato que ya tiene preparado. «PERSONAL.» «¿Qué habrá ahí?», me pregunto. Pero me acuerdo del perfume y de cómo me sentí y sé que soy incapaz de abrirla.

Me acerco a la ventana. Ahí siguen colgadas las grisáceas cortinas de red que dejó la pareja de ancianos que vivía antes aquí. Mamá las detestaba, pero a mí me gustan porque todo parece suave y difuminado a través de ellas, sin aristas. Las aparto un momento y el mundo adquiere una radiante nitidez: las pálidas flores rosadas que empiezan a brotar en los cerezos de la calle, los autobuses que pasan con las ventanillas llenas de grafitis. La ancianita de la casa de al lado está en su jardín, cuidando de sus parterres. Se yergue con una mueca de dolor y, al verme en la ventana, sonríe y me saluda alegremente blandiendo unas tijeras de podar. Dejo caer de nuevo la cortina.

Mi padre estará ya en el hospital. Me lo imagino apresurándose por esos espantosos pasillos verdes que recuerdo tan bien, ansioso por estar con ella. ¿Qué hará allí todo el santo día, todos los días? ¿Se pasará las horas muertas mirando a la Rata? ¿Le hablará, le contará cosas?

—¿Mamá? —pregunto por última vez—. ¿Estás aquí?

Pero lo único que oigo es el ronroneo del gato y la alarma de un coche en la calle.

Llueve tanto que tengo que coger el autobús para ir a ver a Molly. Mientras espero en la parada me arrepiento de haber quedado con ella. Tal vez debería mandarle un mensaje para cancelar la cita. Pero en ese momento llega el autobús y el anciano que tengo delante me dice: «Pasa, pasa, guapa», cediéndome el paso, de manera que ya no puedo librarme.

Al principio el autobús va bastante vacío, pero un par de paradas después está atestado de gente y el aire se vuelve más denso y húmedo. Una mujer muy gorda cargada de bolsas se sienta a mi lado y me aplasta contra la ventana. Sus bolsas mojadas me rozan la pierna y me dejan los vaqueros pegajosos y helados.

Pienso en la última vez que vi a Molly. Recuerdo ese día, cuando pasamos de la oscuridad del cine a la luz cegadora de la tarde. Sólo han transcurrido unas semanas.

—Qué raro —comenté después de volver a encender el móvil—. Mi padre me ha llamado quince veces. ¿De qué va? Sabía que veníamos al cine...

Las ventanillas están tan empañadas de vaho que me parece estar en una cueva y empiezo a sentir claustrofobia. Limpio un pequeño cuadrado con el dedo para ver las calles lluviosas. La consulta del médico, la freiduría, la gasolinera. Todo inexplicablemente igual, como ha sido toda mi vida.

La línea de autobús pasa por el final de la calle en que vivíamos antes. En la esquina, un niño pequeño con botas de agua amarillas va de la mano de su madre saltando en los charcos. Los observo por el cuadradito de la ventanilla, que empieza a empañarse otra vez. En ese momento veo a alguien de espaldas, una figura oscura con paraguas, que se mete en nuestra antigua calle. ¿Era mamá? ¡Sí! ¿No era un mechón de pelo rojo lo que he visto antes de que desapareciera? De pronto estoy del todo segura. Tiene que ser ella. Sé que lo es.

—¡Tengo que bajar! —le grito a la señora obesa.

Me levanto de un brinco, toco el timbre y paso como puedo sobre sus bolsas mientras ella chasquea la lengua.

—Cuidado —me reprende mientras me precipito hacia las puertas—, ahí llevo huevos.

Sigue lloviendo a mares y no tengo paraguas. Antes de terminar de cruzar a la carrera, después de que un coche me pegue un bocinazo, ya estoy chorreando. Me da igual. Doblo corriendo la esquina, enfilo la calle y, al ver la oscura figura a través de la lluvia delante de mí, acelero.

—¡Mamá! —grito. Pero está demasiado lejos para oírme. Ya me he quedado sin aliento, aunque voy acortando las distancias—. ¡Mamá, soy yo! —insisto, y ella se vuelve para cruzar la calle.

Y entonces me doy cuenta de que es un hombre. Y mucho más alto que mamá. Y no es pelirrojo. ¿Cómo he podido creer que era ella?

Me da tanta vergüenza que me arde todo el cuerpo. Me detengo, tratando de recobrar el aliento. ¿Cómo he podido ser tan tonta? ¿Y si me ha visto alguien? Pensarán que estoy loca. Y lo que es peor —y se me encoge el estómago—, quizá tienen razón. ¿Qué estoy haciendo? ¿Estaré perdiendo la cabeza? La Historia y las obras de Shakespeare están repletas de gente que se vuelve loca de dolor. A lo mejor es eso lo que me pasa.

De pronto me doy cuenta de que estoy ante la puerta del número 16, una casa exactamente igual que las demás, en mitad de la manzana. Ya no parece nuestra casa en absoluto. En los pocos meses pasados desde que nos fuimos, han pintado la puerta de blanco y pavimentado el pequeño jardincito delantero. No queda ni rastro de nuestro paso.

La lluvia me pega el pelo a la cabeza y me gotea de las pestañas y la nariz. Mi reflejo me contempla desde el ventanal: una chica fantasmagórica. A veces, cuando no puedo dormir y llega esa hora irreal y borrosa de la noche, me da la sensación de separarme de mi yo presente y aparecer en ese momento de sol invernal, en la puerta del cine, cuando oí el mensaje de mi padre en el móvil y todo cambió. Y esa otra persona está viviendo mi vida real con mamá y la hermanita perfecta y preciosa que debería haber tenido, mientras que yo estoy aquí atrapada con la Rata, sin poder escapar.

La chica fantasmagórica de la ventana me mira con la cara chorreante de lluvia. Le doy la espalda y echo a andar despacio calle arriba.

Cuando llego al Angelo's Cafe, veo que Molly ya está dentro, sentada a una mesa junto a la ventana. Parece casi luminosa tras la cortina de lluvia. Se coloca un mechón rubio detrás de la oreja con gesto distraído mientras me busca con una mirada ansiosa. Al verme me saluda frenética, y a mí se me encoge el estómago y me clavo las uñas en las palmas de las manos. Me gustaría alegrarme de verla, pero en realidad lo único que quiero es dar media vuelta y regresar a casa.

En cuanto entro, Molly se levanta con tal brusquedad que tira al suelo un bote de kétchup con forma de tomate. Está llorando.

—¡Ay, Pearl! —Me abraza, y a pesar de que estoy empapada, no me suelta—. No me lo puedo creer —solloza.

Yo me quedo ahí plantada, muy tiesa, contemplando por encima de su hombro el tráfico incesante de la calle. No quiero que Molly llore por mi madre. No tiene ningún derecho.

Por fin me suelta.

—Lo siento muchísimo, Pearl.

—Ya lo sé.

Al sentarme mojo la mesa de plástico que imita la madera. Molly se sienta también y me toma de la mano.

—Pero mira cómo vienes. Estás chorreando. Voy a ver si pueden traerte una toalla o algo.

Sin darle tiempo a moverse, se acerca un camarero que es todo sonrisas. Los camareros siempre se esfuerzan por caerle bien a Molly. De hecho, la población masculina en pleno se esfuerza por caerle bien a Molly. Y ella ni se da cuenta. Ella cree que son simpáticos y ya está, que son así con todo el mundo, incluso con quien no es una chica alta, rubia y sumamente atractiva. «Tú también eres muy guapa —me dice a veces—. Sólo que... de otra manera.» Pero la verdad es que no me molesta. La gente da por sentado que lo único que Molly tiene es su belleza. Justo por esa razón hemos sido siempre grandes amigas, porque yo sé que hay mucho más.

—¿Os traigo algo? —pregunta esperanzado el camarero, a pesar de que todo el mundo debe pedir en la barra. Tiene acento de Europa del Este.

—No te preocupes, Molls, estoy bien —digo, apretando los dientes para que no me castañeteen.

—Qué vas a estar bien... —asegura ella, preocupada—. Estás calada hasta los huesos. Tiritando y todo.

—¿Queréis que os traiga una toalla? No hay ningún problema —se ofrece el camarero.

—No.

Pero el tipo ni me mira. Está hipnotizado por Molly.

—¿Nos harías ese favor? —le pide ella—. Muchas gracias.

—Te digo que estoy bien —replico, alzando demasiado la voz. Un hombre en la otra punta del bar levanta la cabeza de su plato de huevos con beicon y yo me encojo dentro de mi ropa mojada, intentando pasar inadvertida—. Un capuchino, por favor —mascullo. Y el camarero se aleja, todavía sonriendo a Molly como un imbécil, aunque ella está demasiado concentrada en mí para prestarle atención.

—Me tenías preocupadísima.

No sé qué contestar. Todavía ando pensando en la casa, en el reflejo de la ventana, en la figura que confundí con mi madre. Estaba tan segura de que era ella...

—Quería quedarme después del funeral para hablar contigo, pero mi madre se empeñó en que era mejor que nos marcháramos —prosigue Molly—. No he hecho más que pensar en ti. ¡Lo que habrás pasado! —exclama, negando con la cabeza—. Debe de haber sido espantoso, Pearl. Estaba tan desesperada por hablar contigo...

—Bueno, pues lo siento —le contesto con brusquedad, pensando en la de veces que ha llamado y yo no he cogido el teléfono, en todos los mensajes de los que no he hecho caso cuando estaba en casa sin hacer nada, esperando a que apareciera mamá—. Estaba ocupada.

Se pone colorada y me mira fijamente.

—Ya lo sé... no quería decir... —balbucea, desconcertada—. Es que sólo quería saber si puedo hacer algo...

El agua fría me gotea del pelo y me recorre el cuello.

—No puedes hacer nada.

Me mira con los ojos muy abiertos, sorprendida.

—Creía que a lo mejor querrías hablar. Ya sé que no puedo cambiar nada, pero a lo mejor te va bien hablar de lo que sientes.

Siempre hemos hablado de todo, desde pequeñas. Y sin embargo, ¿cómo voy a hablar ahora? ¿Qué diría si supiera lo que siento de verdad? Que odio a mi hermana, que es ella quien debería haber muerto. A Molly, siempre tan encantadora, tan buena, tan comprensiva, le iba a resultar un poquito difícil de tragar. ¿Qué le voy a decir, que vi a mi madre en el funeral y ahora estoy esperando que se me aparezca otra vez? Ya te digo yo que no.

—Iba a ir a tu casa, pero no sabía... —Se interrumpe y vuelven a saltársele las lágrimas. Yo aparto la mirada. Sé que estoy siendo cruel, pero no puedo evitarlo—. Es que no me lo puedo ni creer —me repite.

El camarero sonriente nos trae los cafés. Yo me pongo a hacer dibujos con la cuchara en la espuma del capuchino.

—¿Cómo está la niña? —dice Molly por fin.

El corazón me da un vuelco. Sabía que en algún momento me lo preguntaría.

—Mi padre cree que se va a morir —respondo, encogiéndome de hombros.

Mojo un terrón de azúcar en el café y observo cómo el líquido marrón trepa por él hasta casi llegarme a los dedos.

—Pero no se va a morir.

—No. —Molly se abalanza sobre un asunto que le permite hablar con optimismo—. Pues claro que no. Si ha sobrevivido hasta ahora, será una luchadora. Cada día se hará más fuerte.

El terrón se desintegra y cae en el café.

—¿Cuánto tiempo estará en el hospital?

—No lo sé. Semanas. O meses, probablemente. Por lo menos eso le dijeron a mi padre.

—Es una especie de milagro que esté viva, ¿no?

Sabía que no tendría que haber venido. Sólo deseo levantarme y salir corriendo, bajo la lluvia, alejarme de Molly y del camarero baboso y del olor a beicon frito. Pero ya he hecho bastante el ridículo por hoy, así que me limito a mirar por la ventana los coches que pasan.

—Mi madre me traía aquí de pequeña —digo, más para mí que para Molly—. En aquel entonces lo regentaba aquel italiano viejísimo. Sería el propio Angelo, supongo. Era muy gracioso.

Mamá practicaba el italiano con él. Le decía que estaba loco por haberse venido a Londres. Decía que algún día nos escaparíamos a Italia, papá y ella y yo, y que viviríamos en una villa medio en ruinas, y que tendría un estudio de artista rodeado de limoneros, y que nos alimentaríamos a base de aceitunas y vino tinto. Recuerdo que yo me preocupaba. Era demasiado pequeña entonces para saber que la mayoría de los grandes proyectos de mamá no eran más que palabrería. Yo no quería vivir en otro sitio y no me gustaban las aceitunas ni el vino tinto. Y Angelo me guiñaba el ojo y me decía: «Pero el *gelato* sí que te gusta, ¿no?»

Noto que Molly me observa; estará preguntándose qué pienso.

—¿Estás bien? —pregunta, insegura.

—Siempre escogía una mesa junto a la ventana y me decía que contara todos los coches rojos que pasaran, que si llegaba hasta treinta, me compraba un helado. —Ahora casi sonrío—. Tardé muchísimo tiempo en darme cuenta de que sólo lo hacía para que la dejara leer un rato en paz.

Se produce un silencio.

—Pearl... Aquel día... —Molly se interrumpe, pero por su expresión sé muy bien a qué día se refiere—. Cuando salimos del cine...

—¿Qué?

—Cuando oíste el mensaje de tu padre...

Recuerdo de nuevo el momento en que oí mi buzón de voz en la entrada del cine, bajo un sol radiante. Recuerdo que algo en el tono de mi padre me hizo detenerme con tal brusquedad en mitad de la calle que una mujer me atropelló con su carrito. El moratón en los tobillos me duró varios días, pero en aquel momento apenas me di cuenta, porque sólo podía pensar en la voz de mi padre. Sonaba tan extraña que ni siquiera parecía él. «Pearl, tienes que venir al hospital. Es mamá. Coge un taxi. Ven lo antes que puedas.» El tiempo se detuvo. Me quedé allí plantada, en medio del ajetreo de una tarde de sábado, entre el gentío que había salido de compras con los niños y los perros y las bolsas. Y a pesar de todo tenía la sensación de estar sola.

—¿Llegaste a tiempo de verla? —me pregunta ahora Molly.

Cierro los ojos y me parece estar de nuevo allí, corriendo por los pasillos verdes del hospital, con los pulmones a punto de reventar. Abro los ojos. Me fijo en los coches, pero son todos negros y plateados y blancos. Ninguno rojo.

—Sí —contesto por fin—. Llegué a tiempo.

—¿Hablaste con ella?

—Sí. Me abrazó y me dijo que me quería. —Es como si mi voz fuera la de otra persona—. Y luego fue como si se quedara dormida. Muy tranquila. Sonreía y todo.

—Ay, Pearl. —Y se echa a llorar otra vez.

El camarero enamorado mira en su dirección, tal vez con la esperanza de ofrecerle su hombro.

—¿Pagamos? —De pronto me siento como mareada. Tengo el estómago vacío y después del café me zumba la cabeza—. Necesito salir de aquí.

Por fin ha dejado de llover. Nos quedamos en la puerta del bar, un poco cortadas, sin saber qué decir.

—He quedado con Ravi —me cuenta Molly—. Pero si quieres, primero te acompaño.

—¿Con Ravi? —digo, sorprendida—. Pero ya no sales con él, ¿no?

Molly lo conoció en una fiesta justo antes de la muerte de mamá. Yo creía que no volverían a verse porque Molly puede elegir al chico que quiera, y Ravi tiene pinta de que su máxima ambición es ser el ministro de Hacienda más joven de la historia.

—Pues la verdad es que sí —contesta con cierta timidez—. Ya llevamos más de un mes y nos va muy bien.

—Ah. —Me resulta muy raro pensar que la vida sigue sin mí.

—A ti no te cae bien, ¿verdad?

—No, no es eso. No lo conozco. Sólo lo vi aquella vez en la fiesta de Chloe, pero parecía un poco... —Trato de dar con una manera educada de decir «aburrido»—... Serio.

—Ya verás como te gusta cuando lo conozcas. Estoy segura.

Caminamos sin hablar, entre el estruendo del tráfico.

—Es muy extraño el instituto sin ti —dice por fin Molly—. Y las vacaciones están siendo una pesadilla. Mi familia me está volviendo loca. Liam se pasa el día con la música a todo volumen. Jake quiere una serpiente de mascota y no habla de otra cosa. Callum sigue haciéndose pis en la cama. Y mis padres no se hablan. Para variar. Estoy deseando volver a clase. Y será genial tenerte de vuelta. —Me coge del brazo.

Nunca he oído a los padres de Molly decirse gran cosa, excepto frases del tipo: «¿Dónde están las llaves del coche?», o «Ya te había dicho que hoy llegaría tarde, yo no tengo la culpa de que no me escuches». Pero a Molly se la ve muy deprimida.

—Te he echado mucho de menos —me dice, entrelazando su brazo con el mío.

No sé si querrá que le diga que también la he echado de menos. Un camión enorme pasa salpicando en los charcos de la calzada, obligándonos a apartarnos de un salto. Molly me suelta y seguimos andando.

—¿Vas a verla todos los días? —me pregunta—. Me refiero a la niña.

—Mi padre sí. Prácticamente vive en el hospital, cuando no está en el trabajo. No lo veo nunca.

—¿Y tú no vas?

—Tenía que estudiar —digo, encogiéndome de hombros.

—Sí, yo también. Pero en mi casa no hay manera, con el jaleo que arman todos. Cuando se acerquen los exámenes, deberíamos ir a la biblioteca.

Seguimos caminando un rato en silencio de nuevo.

—A lo mejor podría ir un día contigo a verla —propone Molly—. Me muero de ganas.

Me imagino a Molly viendo a la Rata por primera vez. Me imagino cómo se le iluminaría la cara, cómo sonreiría, cómo le susurraría...

—No. Ni hablar.

Molly se sorprende mucho.

—Bueno, cuando ya se haya recuperado...

—Yo me quedo aquí. Voy a coger el autobús.

—¿Estás segura? —me pregunta, algo decepcionada—. De verdad que no me importa acompañarte.

—Mira, ahí viene uno.

Acabo de verlo a lo lejos, y antes de que Molly pueda añadir nada, cruzo la calle a la carrera. Ella me saluda con la mano desde el otro lado y luego da media vuelta y se aleja. Cuando por fin llega el autobús, ya ha desaparecido de la vista.

Y decido ir andando.

Cuando llego a casa ya ha salido el sol. Entro para quitarme la ropa mojada y ponerme otra seca, todavía pensando en mamá, en lo segura que estaba de haberla visto en la calle. Y de pronto me entra un ataque de pánico. Estoy perdiéndola, cada segundo que pasa me aleja más y más de ella. ¿Y si un día despierto y no me acuerdo de su cara? A veces tengo que concentrarme para recordar su voz, tengo que hacer un esfuerzo por oírla en mi mente. No puedo permitir que se aleje.

Recuerdo la caja en su estudio. «PERSONAL», ponía. Voy corriendo y la observo. ¿Qué habrá dentro? A la gata no le hace ninguna gracia que la eche de encima. Respiro hondo y con mucho cuidado quito la tapa marrón.

Dentro hay cartas y tarjetas, fotos y postales, fajos y más fajos atados con cintas o cuerdas o gomas, algunas metidas en cajas de zapatos, otras sueltas. Me siento tan abrumada que casi no puedo ni respirar. Es como si esta caja contuviera toda la historia de la vida de mamá. Me pongo a mirar las fotos de uno de los sobres. Están todas mezcladas: algunas son de mamá de niña, otras de adolescente, en una está con la abuela Pam antes de que ésta enfermara. Las fotos me hacen llorar, pero sigo mirándolas.

En la última sale mamá en la cama del hospital, muy joven, agotada, y conmigo en brazos: una recién nacida toda arrugada. Pero no como la Rata. Yo sí que parezco un bebé de verdad. Me acuerdo de la Rata en esa caja de plástico tan rara, llena de tubos. ¿Seguirá ahí metida? ¿Tendrá la misma pinta? Me fijo bien en la foto. Mi padre no está. Mamá y él eran amigos desde antes de que yo naciera, pero no se emparejaron hasta meses más tarde. Mi padre biológico tampoco estuvo en el hospital, porque mamá y él habían roto mucho antes. Recuerdo cómo miraba mi padre a la Rata la primera vez que la vimos y de pronto deseo que alguien me hubiera mirado así en aquel momento.

Guardo el sobre de fotos y cierro la caja. Hay muchas más cosas, pero yo ya no puedo más. Otro día, a lo mejor.

Como luce el sol, decido salir al jardín. Cuando nos mudamos a esta casa, el jardín era ya un desastre, y ahora que ha llegado la primavera, es una jungla. El césped está sin cortar y lleno de flores amarillas de diente de león, y al fondo hay un banquito bajo los árboles, rodeado de una maraña de lirios del valle, entre hierbajos que llegan a la rodilla. Me siento en él, cierro los ojos, como hice en la iglesia cuando se me apareció mamá, e intento llegar hasta ella con la mente.

Aquí es donde empezó todo: donde me contó lo de la Rata el verano pasado, el día en que vinimos a ver la casa por primera vez. Recreo la imagen, tratando de recordar hasta el más nimio detalle. El agente de la inmobiliaria se había llevado a mi padre a ver la buhardilla.

—Hay sitio de sobra para un dormitorio principal con baño, si algún día quisieras hacer la obra, Alex —le iba comentando mientras subían la escalera—. No te importa que te tutee, ¿verdad?

Mamá había desaparecido. Pensé que igual había salido a fumar, así que me fui a explorar la selva que había por jardín y me la encontré allí, sentada donde estoy yo ahora, casi escondida. Pero no fumaba.

—¿Qué haces aquí? —le pregunté—. Tiene pinta de ponerse a llover otra vez en cualquier momento.

—Es que necesitaba un poco de aire. Estoy algo... —De pronto se calló y se llevó la mano a la boca, como si fuera a vomitar.

—¿Estás bien? Tienes muy mala cara.

—Sí, sí. —Intentó sonreír—. Pero es que... —Se la veía muy pálida y como sudorosa, y con profundas ojeras—. Estoy bien, de verdad.

Me quedé sorprendida. Sabía, por años de experiencia, que mamá podía soltar cualquier mentira sin inmutarse, pero nunca sobre algo importante, sólo acerca de multas de tráfico o sanciones de la biblioteca o sobre los desastres imaginarios que la hacían llegar tarde al trabajo. Cuando era pequeña, me insistía para que me lo creyera todo, aunque yo sabía que lo que decía no guardaba el más mínimo parecido con la realidad. Más tarde, lo que hacía era guiñarme un ojo y decirme: «Es sólo una mentirijilla piadosa, Pearl.» Pero eso no era una mentirijilla. Era algo más gordo. Tan gordo que no podía ocultarlo.

—No, no estás bien. ¿Por qué me mientes?

Ahora que lo pensaba, hacía mucho que mamá no parecía estar bien. Se encontraba siempre cansada y no comía mucho.

—¡Ay, Dios mío! Estás enferma, ¿verdad?

—De verdad, Pearl, no me seas tan dramática.

Pero se la veía nerviosa, no quería mirarme a los ojos. Me entró el pánico.

—Es algo grave, por eso me mientes.

Ahora me resultaba obvio: el cansancio y las náuseas. Esa misma semana me había tocado esperar tres veces a la puerta del baño mientras mamá vomitaba. Decía que algo le había sentado mal, pero, Dios mío, Dios mío, ahora estaba todo claro. Por eso mi padre estaba siempre tan pendiente de ella. ¡Si hasta había dejado de fumar! Tenía que ser algo muy grave, no había otra explicación. El cansancio... Dejar de fumar... Vómitos todas las mañanas...

Ah.

Me la quedé mirando, sin dar crédito

—¡Estás embarazada! —mascullé.

—No. Bueno... sí. Papá me matará cuando se entere de que te lo he dicho. Quería que lo hiciéramos juntos. Cuando te lo digamos tendrás que fingir que es toda una sorpresa.

Yo seguía como un pasmarote.

—Vas a tener un niño. —Todavía no me lo podía creer.

—Sí, ésa es la idea.

—¡Y tú que siempre andas diciéndome que tenga cuidado!

—Bueno, la verdad es que no fue un accidente —dijo, y parecía algo avergonzada.

Yo seguía sin asimilarlo.

—Pero eres demasiado mayor.

—No —replicó ella, frunciendo el ceño—. Tengo treinta y siete años. Lo cual es ser todavía muy joven, Pearl.

Mi cabeza no daba más de sí.

—¿Para cuándo?

—Todavía queda muchísimo. Sólo estoy de unas semanas.

—¿Es niño o niña?

Ella se encogió de hombros.

—No lo sé. Papá está convencido de que es un niño.

Nos quedamos un rato en silencio, algo cortadas. Yo no sabía ni qué decir.

—¿Te alegras? —me preguntó por fin.

—Pues no lo sé. —Yo estaba flipando. Mamá parecía un poco decepcionada—. No es que me importe. Es que me ha pillado por sorpresa. —Me lo pensé un poco más—. ¿Y tú? ¿Te alegras?

—Me alegraría si no me encontrara tan mal. Papá sí que está en el séptimo cielo.

Nos quedamos allí un rato más, aspirando el olor de la lluvia sobre la tierra seca.

Es curioso cómo una asocia las cosas. Cuando percibo ahora ese olor a lluvia y barro y brotes que crecen en silencio, me parece una advertencia de que nunca sabes lo que se avecina, de que el mundo puede dar un vuelco en un instante. En aquel momento era sólo un olor fresco, limpio y renovado.

—¡Vaya! —exclamé, sonriendo por fin—. ¡Un niño!

—Ya. Increíble, ¿eh?

—Sí. Alucinante.

Mamá me dio un apretón en la mano.

—Me alegro muchísimo de que estés contenta. Vas a ser una hermana mayor fantástica.

—¿Me puedo quedar con tu chupa de cuero? —le pedí—. Pronto estarás demasiado gorda para ponértela.

Ahora todo aquello me parece otra vida. Abro los ojos. ¿Habrá funcionado? Mamá tiene que estar aquí. Pero en el jardín sólo hay quietud.

—¿Mamá? —la llamo—. Mamá, ¿estás ahí? —Espero un rato—. Por favor.

Se oye el perezoso zumbido de un avión en las alturas. Una lágrima me resbala por la nariz. ¿Por qué va a ser mamá más de fiar ahora que está muerta que cuando estaba viva? Esa idea se me ocurre de pronto y termina de agotarme la paciencia.

—¡¿Por qué te dejaste convencer para tener otro hijo, maldita sea?! —grito al jardín desierto—. ¿Por qué no estás aquí cuando te necesito? —Me sienta bien gritar—. ¡Eres una puñetera egoísta!

49

Estoy tan furiosa que me tiemblan las manos. Pero también me hace bien esta rabia. Es ardiente y poderosa y feroz, y me siento viva. Vuelvo a cerrar los ojos y respiro hondo y despacio. A medida que se va pasando la furia, voy quedándome floja, exhausta, y me siento un poco ridícula. El jardín está muy silencioso ahora que se me ha pasado la rabieta. Y a pesar de todo... no tan silencioso como debería. Abro los ojos. Se oye una especie de rumor entre la hojarasca al otro lado de la tapia. Me incorporo, algo tensa.

—¿Quién hay ahí? —Por un momento pienso que a lo mejor es mamá. Pero no: si me hubiera oído gritarle no se habría quedado escondida detrás de un muro, sino que estaría gritándome ella también. Pero si no es ella...

Seguramente es sólo la gata, me digo, intentando dominar el pánico. Entonces el ruido cesa y alguien carraspea, con cierta timidez.

Me parece que no es la gata.

Madre mía. Quienquiera que sea debe de haberlo oído todo. Será Dulcie, la anciana de al lado, supongo. Pero no, tampoco parecía el carraspeo de una anciana...

—¿Estás bien? —pregunta de pronto una voz masculina.

Me quedo petrificada. Pienso en escabullirme hacia la casa y esconderme allí para siempre. Me planteo tirarme al suelo y fingir que me ha dado un ataque de no se sabe qué, o que me he pegado un golpe en la cabeza, algo que lo explicaría todo, o por lo menos serviría de distracción y me ahorraría tener que hablar. Pienso en mantos de invisibilidad y en las noticias que salen a veces en la tele sobre agujeros que se abren de pronto en la tierra y engullen a la gente. Pero la catástrofe nunca llega cuando uno quiere.

—¿Hola? —pregunta la voz, vacilante.

Al final decido que la única opción es fingir que aquí no ha pasado nada.

—Sí, estoy bien —contesto, intentando fingir sorpresa por que alguien formule una pregunta tan tonta, quienquiera que sea.

Se hace el silencio.

—¿Estás segura? —Es una voz ronca, con una especie de acento del norte.

—Pues sí, claro que lo estoy.

—Es que parecías un poco... —es obvio que está buscando una forma diplomática de decir «loca»— disgustada.

—Te digo que estoy bien.

Otra pausa.

—Ya.

¿Está siendo sarcástico? Me levanto y miro la tapia, intentando imaginarme a la persona al otro lado. ¿Se estará riendo de mí? Aprieto los puños. No estoy dispuesta a permitir que se ría de mí, y como mamá decía tantas veces, la mejor defensa es un buen ataque.

—¿Y tú qué demonios haces ahí? Escondido detrás de una tapia, oyendo las conversaciones privadas de... —Aquí me interrumpo. ¿Conversaciones? Eso no era exactamente una conversación—. De la gente —concluyo, no obstante.

Una cabeza asoma entonces por encima del muro. Es alguien más joven de lo que yo esperaba, de pelo oscuro bastante desgreñado. No parece muy impresionado. No puede ser mucho mayor que yo, dos o tres años a lo sumo, lo cual todavía empeora más la situación, si es que alguien puede hacerte algo peor que pillarte insultando a gritos a los matojos.

—Estoy podando. Sí, eso que hace la gente en los jardines, ¿sabes? —Entonces echa un vistazo a la jungla de hierbajos a mi espalda—. Bueno, por lo menos alguna gente. ¿Te parece bien?

La situación no podría ser más horrible.

—Supongo. —Parezco una niña de cinco años.

Él se aparta el pelo de los ojos, que se le queda en lo alto de la cabeza, reunido en unos tirabuzones enloquecidos. Nos quedamos un momento sin saber qué hacer.

—Bueno —dice él por fin—. Vale.

—Tú sigue con la poda o lo que sea —le espeto, pronunciando «poda» como si fuera una perversión. Me niego a concederle la última palabra—. No lo dejes por mí.

Él me mira y abre la boca como si fuera a decir algo, pero al final menea la cabeza y vuelve a desaparecer detrás de la tapia. Yo me siento en el banco, aunque no me da ni tiempo de sentir el menor alivio porque el chico vuelve a aparecer como el muñeco de una caja de sorpresas.

—Pero... ¿a ti qué te pasa? Sólo quería ayudar.

—Creía que te habías ido. —Me miro las uñas, fingiendo aburrimiento. De reojo veo que vuelve a menear la cabeza.

—Vale, tú misma. —Y desaparece otra vez detrás de la tapia.

Me quedo allí un momento como si estuviera descansando tranquilamente en la intimidad de mi jardín, como si me trajera sin cuidado que él esté al otro lado de la tapia, a unos metros de distancia, convencido de que estoy chiflada. Pero al final tengo que admitir la derrota. Me levanto y me abro camino entre los hierbajos hacia la casa vacía. En ese momento me vibra el teléfono con un mensaje. Es de mi padre.

«Espero que estés bien. Rose se recupera tan bien que los médicos creen que estará en casa dentro de unas semanas! Te veo luego. Bss.»

Y de pronto la rabia, la frustración y la humillación pueden conmigo. Sin pensar en lo que hago, tiro el móvil al estanque. No me hace ninguna falta ese cacharro. Ahora estoy sola. Con un satisfactorio chapoteo, el teléfono desaparece bajo la gruesa capa verde de algas y se hunde en la oscuridad sin dejar rastro.

Mayo

—¡Mierda! —exclama mamá.

Oigo un chasquido y unos arañazos en la ventana de mi habitación y me incorporo en la cama, totalmente espabilada.

—¡Dios mío! —Resuello.

—No. —Ella sonríe, con un cigarrillo entre los labios, rebuscando su mechero en los bolsillos. El sol entra por la ventana y arranca brillos ambarinos a su pelo—. Sólo soy yo. ¿Ves? No llevo barba.

La miro. Siento tal alivio que me mareo, y a la vez estoy tan furiosa de que haya tardado tanto en volver que me entran ganas de gritar.

—¡Mamá!

Pero ella ni me mira. Está demasiado concentrada empujando con todo su peso la ventana de mi cuarto.

—No hay quien abra esta puñetera ventana. Algún idiota la ha sellado con pintura. Échame una mano, ¿quieres?

Me habla como si nos hubiéramos visto ayer mismo, en lugar de hace semanas, y definitivamente no como si estuviera... en fin, muerta. Típico. Seguro que ni se le ha ocurrido pensar en lo mal que lo he pasado.

—¡MAMÁ!

—¿Qué? —Y al volverse hacia mí por fin se da cuenta de que estoy enfadada. Abre mucho los ojos haciéndose la inocente, en plan «Uy, me parece que aquí ha habido un error», como solía hacer con la policía municipal—. Creía que te alegrarías de verme.

—¡Y ME ALEGRO! —berreo todo lo fuerte que me atrevo. Oigo a mi padre abajo, trasteando en la cocina—. Pues claro que me alegro, demonios.

—Ah, pues quién lo diría. Anda, venga, suéltalo. ¿Qué he hecho ahora?

Yo respiro hondo.

—Bueno, aparte de darme un susto de muerte y despertarme...

—Pues eso. Justo para eso he venido. —Sonríe con indulgencia—. Pero luego te he visto tan tranquila y tan mona ahí dormida que se me ha ocurrido dejarte un ratito más mientras me fumaba un pitillo. Pero entonces la ventana...

—Y la señala con un gesto como si eso lo explicara todo.

—No. —Niego con la cabeza—. Espera, espera. ¿Justo para eso estás aquí?

Ella me mira como si yo fuera tonta.

—Soy tu despertador. Venga. A levantarse tocan, dormilona. Hala, espabila.

No entiendo nada.

—Es el primer día de exámenes y esas cosas, ¿te acuerdas? —me dice muy despacio, como si hablara con una niña pequeña—. ¿No deberías estar ya fuera de la cama?

De hecho me había quedado acostada fingiendo ante mí misma que seguía dormida, intentando precisamente no pensar en eso. No es que me importen los exámenes, ¿cómo iban a importarme ahora? Pero la idea de las filas de pupitres en el aula, y el «Ya podéis dar la vuelta al papel», y todo el mundo escribiendo como loco para luego pasarse un buen rato cotorreando del tema... En fin, que es lo último que me apetece. Pero no pienso permitir que me distraiga de mi enfado.

—Eso da igual. —Me esfuerzo por no alzar la voz—. ¿Dónde demonios estabas?

—Ah. Bueno —comienza, evasiva—... El caso es que en realidad no puedo hablar de eso.

—Creía que no volverías.

Aunque no me lo esperaba, al decirlo noto que se me saltan las lágrimas. Me levanto y le doy la espalda para ponerme la bata que tengo colgada de la puerta.

—¿Ah, sí?

—¡Pues sí! Llevo esperándote desde el día del funeral.

—Mira, no me recuerdes el funeral, Pearl —refunfuña—. Menudo espanto. Yo quería uno de esos funerales en el campo, donde todo el mundo se lo pasa bien y lleva una prenda amarilla... Esas cosas.

—¿Amarilla?

—Y todos cuentan anécdotas sobre lo maravillosa que yo era. Y guapa y graciosísima y todo eso. Y buena con los animales y defensora de los más desfavorecidos y...

—Vale, vale, ya lo pillo.

—...Y luego todos bailan y se emborrachan. Un funeral así es lo que quería.

—Pues en ese caso deberías haber hecho testamento —salto yo—. Por lo visto ha sido un engorro que no lo dejaras hecho. Hay un montón de impresos y papeles que no rellenaste. Papá está volviéndose loco con ese tema. Y de todas formas detesto el amarillo.

—Lo del amarillo era sólo un ejemplo, como es obvio. Lo que quería decir es que nada de negro. —Ahora frunce el ceño—. Me parece que no pillas la onda, Pearl.

—A mí me gusta el negro. Y además estás cambiando de tema.

Un momento de silencio.

—Bueno, lo siento si te he disgustado. No se me había ocurrido que te preocuparías.

—¿De verdad lo sientes? Porque no se te ve muy arrepentida, precisamente.

—Pues claro que lo siento, cariño. No quiero que te disgustes. Pero ya estoy aquí, ¿no?

—Supongo...

Por fin ha conseguido abrir la ventana y está sentada en la repisa, lanzando una bocanada de humo al limpio aire de la mañana.

—Bueno, dime, ¿cómo es? —le pido al fin.
—¿Cómo es el qué?
—Ya sabes qué.

Esboza una sonrisilla irónica.

—Vas a tener que esperar y verlo tú misma.
—Ya. Pues qué bien. Eso sí que me ha animado.
—No haber preguntado —replica, echándose a reír.
—Entonces dime dónde. Dime dónde has estado desde que te vi en la iglesia.

Ella suspira impaciente.

—Ya te lo he dicho, Pearl: de eso no puedo hablar.
—¿Por qué no?
—Porque no.
—¿Por qué?
—Porque no tienes que saberlo. No puede saberlo nadie —zanja el tema, rotunda.

Reflexiono un momento.

—¿Se abriría un agujero en el continuo espacio-tiempo?
—No.
—¿Me explotaría la cabeza?
—¿De verdad quieres saberlo? —dice mamá, enarcando una ceja.
—Ay, venga. ¿No me puedes dar ni una pista?
—¿Una pista?
—Sí, sin decir nada en realidad.
—¿Quieres que te explique con mímica el más allá?
—Eso. —Supongo que suena un poco tonto, dicho así.
—Ah. Vale. Perfecto. Y luego tú intentas explicarme el infinito... pues no sé, bailando claqué, por ejemplo.
—No hace falta que te pongas sarcástica. —Me tumbo de nuevo en la cama y junto las manos debajo de la nuca—. Sólo quiero saber lo que pasa.

—Y lo sabrás, cariño mío, no te quepa duda. Pero de momento la vida ya es bastante complicada. Tú concéntrate en eso, por ahora.

Se vuelve para exhalar de nuevo el humo por la ventana.

—Bueno, cuéntame, ¿qué tal te ha ido en el instituto?

Me quedo pensando. Los primeros días fueron insoportables. Todo el mundo se dedicaba a hablar en voz muy alta sobre cualquier cosa o sobre nada en particular, no fuera a ser que me disgustara, o bien me daban un sentidísimo apretón en el brazo. Y luego todos se olvidaron. La señorita Lomax, la nueva directora, me llamó a su despacho para «hablar».

—Debe de resultarte difícil volver a las clases, sobre todo ahora que se acercan los exámenes, pero seguramente un poco de normalidad te vendrá bien.

¡Normalidad! ¡Qué risa! Casi le suelto una carcajada en la cara. Pero no me río. La directora me echó todo un discurso sobre la orientadora del instituto y lo importante que era no guardarme las cosas dentro.

—Y por supuesto yo siempre estoy aquí si necesitas hablar —añadió mientras se miraba el reloj y me despedía.

—Antes me corto una pierna —contesté. Pero sólo después, cuando estaba a solas con Molly.

—Bien —contesto ahora a mamá.

—Me alegro de que tengas a Molly. Es una gran amiga. Siempre dije que era como una segunda madre para ti, ¿te acuerdas? Siempre recordándote que tenías que hacer los deberes y asegurándose de que tuvieras lo que necesitabas para las clases. Esa chica es un tesoro.

—Ahora de todas formas no hay clase porque tenemos que estudiar —me apresuro a informarle, intentando desviar la conversación de Molly. Aunque tampoco es que me haya matado a estudiar. Molly se empeña todo el rato en que vaya a la biblioteca a repasar con ella, pero es que no puedo. Y de todas formas Ravi está siempre allí también, estudiando para sus exámenes de nivel superior, y me niego a hacer de carabina.

—¿Y cómo va... todo lo demás?

—¿Lo demás qué es?

—Bueno, ya sabes. Rose. ¿Está bien?

Lo dice como si nada, como por entablar conversación. Pero yo sé que no es así.

¿Y si ésa fuera la única razón de que esté aquí, asegurarse de que la Rata se encuentra bien? Igual no ha venido a verme a mí, en realidad. Me está entrando el pánico. ¿Y si se diera cuenta de lo mucho que odio a la Rata? Entonces sí que desaparecería para siempre y no volvería a verla. No puede enterarse.

—Ah —digo, sin mirarla—. Sí, está bien.

—Pero todavía no está en casa.

No es una pregunta, sino una afirmación.

—¿Cómo lo sabes?

—Demasiado silencio. En las casas donde hay niños hay mucho más jaleo.

—Sigue en el hospital. Y papá también, casi todo el tiempo. Pero está bien.

Mamá me está mirando, esperando que añada algo.

—En fin, tenías razón —digo enseguida, con la intención de abandonar el tema de la Rata—. Más vale que me ponga en marcha si no quiero llegar tarde.

Parece que mamá va a decir algo, pero al final se lo piensa mejor.

—Sí, sí, claro. ¿Hoy qué tienes?

—Literatura —miento.

Sigo tumbada, mirando la mancha marrón del techo donde se debió de filtrar el agua hace años, a juzgar por la pinta que tiene. No quiero que se marche.

—Bueno, pues venga —me dice.

—Creía que vendrías cuando te necesitara —le digo por fin, incorporándome—. Pero no es así.

Ella me mira desde el repecho de la ventana.

—¿Cuándo me has necesitado?

Reflexiono un momento.

—Todo el tiempo.

Mamá se echa a reír.

—No puedo estar contigo todo el tiempo.

—¿Por qué no?

—Bueno, aparte de otras razones, porque acabaríamos las dos locas de atar. Tú me matarías, si no estuviera ya muerta. O al revés. Ya sabes cómo discutimos, cariño, si tenemos que pasar más de dos horas en la misma habitación.

—Eso no es verdad. —Aunque me lo pienso mejor—: No del todo.

Ella enarca una ceja.

—¿Te acuerdas de aquella semana en Barmouth, que no paró de llover y no podíamos salir de la caravana? Después de aquellas vacaciones decías que necesitabas un psicólogo. Que sufrías de estrés postraumático.

Es curioso, se me había olvidado. Lo que recordaba era una jornada de sol, cuando nos tomamos un helado en la playa y entre mamá y yo enterramos a papá en la arena. Pero no puedo negar que tiene razón.

—¿Y cuando te operaron de apendicitis y me tomé una semana de vacaciones para quedarme contigo? —prosigue—. Decías que me pagarías si volvía al trabajo. Me lo suplicabas de rodillas.

Suelto un gemido al acordarme.

—Estabas empeñada en guisar para mí.

—Sí.

—Y luego esperabas que me lo comiera.

—Sí.

—Y me obligaste a ver *Sonrisas y lágrimas* mientras tú cantabas con la película.

—Por supuesto.

—A grito pelado.

—Exacto.

—Y desafinando.

—¿Desafinando? —Ahora me mira—. De eso nada, Pearl. Canto de maravilla. Un poco alto, tal vez. Pero... ¿desafinando?, ni hablar.

—Cantas como una almeja —digo riendo—. Y eso de buen rollo.

Mamá va a contraatacar, pero de pronto se interrumpe y sonríe.

—¿Lo ves? Me estás dando la razón. Mira, ya estamos discutiendo.

—La que discute eres tú.

—A ver. Nadie quiere pasarse veinticuatro horas al día con su madre, viva o muerta. Anda, espabila. Tienes que desayunar bien antes del examen.

—No tengo hambre. —La verdad es que no soy capaz de comer casi nada desde que murió mamá, pero hoy es todavía peor—. Además, los exámenes me dan igual. Total, ¿para qué?

Se me queda mirando.

—¿Cómo que para qué? Tú eres inteligentísima, cariño mío, y no quiero que lo mandes todo al infierno por mí y por lo poco oportuna que he sido. Me niego a que todo el mundo me eche la culpa. «Pobre Pearl. Habría ido a Oxford y Cambridge y habría ganado el Premio Nobel y escrito toda una serie de bestsellers internacionales...» —Se interrumpe para coger aliento y añade—: «De no haber sido porque a la inútil de su madre se le ocurrió morirse en mal momento.» Ni hablar. Me niego. Así que venga, ya está bien de autocompasión. Ve a ducharte.

Me levanto con esfuerzo de la cama.

—Pero antes ven a darme un beso —me pide.

Me acerco y dejo que me bese. Luego me quedo apoyada con ella en el repecho de la ventana. Anoche llovió, pero ahora el cielo es de un perfecto azul claro, y el aire es tan limpio y fresco que todo parece nuevo y reluciente.

—¿Estás nerviosa? —me pregunta.

—No mucho. Sólo tengo ganas de que se acabe todo. —Me rodea con el brazo y yo apoyo un momento mi mejilla contra la suya. Huele a tabaco y perfume—. ¿Cómo es posible? ¿Cómo puedes estar aquí?

Mamá se encoge de hombros.

—Tú querías verme, ¿no? —dice, y sé que está evitando la pregunta.
—Vas a volver, ¿verdad?
—Pues claro —me contesta, tirando por la ventana la colilla, que describe un arco perfecto y aterriza en el estanque, donde desaparece bajo las algas para reunirse con mi móvil—. Anda, venga. Verás como te sale de lujo, cariño.
Cuando vuelvo de la ducha, el cuarto está desierto.
No me esperaba otra cosa, y pese a todo rompo a llorar.

En cuanto oigo las llaves de papá en la cerradura, apago la lámpara de la mesilla y el iPod y finjo dormir. Hoy viene muy tarde del hospital: son casi las diez y media. Siempre procuro estar acostada cuando llega a casa, porque si no, se pone a hablar sin parar de la Rata: que si hace unos progresos increíbles, que si las enfermeras están locas por verme, que si a ver si puedo ir pronto... Por mucha cara de aburrimiento que yo ponga, él sigue ahí dale que dale.
Se oye un portazo y luego pasos en la escalera. Todas las noches se abre la puerta del cuarto. Todas las noches, un rectángulo de luz del rellano se proyecta en la oscuridad de mi habitación, pero no llega del todo hasta mí. Él nunca me dice nada, sólo se queda mirándome un momento. A mí se me da fatal hacerme la dormida, desde siempre, ya desde pequeña. Se me olvida respirar. No sé si papá se da cuenta de que estoy fingiendo, pero al final la puerta siempre se cierra.
Sin embargo, esta noche algo cambia. Esta noche la puerta no se cierra.
—¿Pearl? —susurra mi padre.
Se me acelera el corazón. Ha pasado algo. Entreabro un poquito un ojo para verle la cara, pero sólo atisbo su silueta recortada contra la luz del rellano.
—¿Pearl? —repite, un poco más alto. Me está entrando una angustia horrorosa. ¿Y si le ha pasado algo a la Rata? ¿Y si me alegro?

Por fin se acerca a la cama y se sienta.

—¿Estás despierta?

No digo nada.

—Dicen que podrá venir pronto a casa, Pearl. —Se le nota la ilusión en la voz—. Rose. Dicen que ya casi está bastante fuerte para darle el alta. Si sigue mejorando así, en cuestión de unas semanas estará en casa con nosotros.

Se moría de ganas de contármelo. No podía esperar. Me quedo tumbada sin respirar.

—¿Pearl?

Quiere que me incorpore y sonría y le dé un abrazo. Quiere que me ponga contenta. A mí también me gustaría, pero no sé cómo.

—Mmmmm —murmuro, como si estuviera dormida. Me vuelvo hacia la pared.

Él se queda callado. Noto su mirada en mi espalda y también su decepción. Una lágrima caliente se desliza de lado por mi nariz. Quiero que me diga algo. Que me acaricie el pelo como cuando era pequeña y tenía una pesadilla. Siempre era él quien venía cuando me despertaba, y se quedaba conmigo hasta que volvía a dormirme. Y yo no tenía que decirle siquiera que lo necesitaba, porque él lo sabía. Entonces entendía lo asustada que estaba y lo sola y lo perdida que me sentía ahí en la oscuridad.

Ahora, en cambio, se levanta y se va. Con los ojos cerrados, noto que la habitación se oscurece cuando cierra la puerta.

—¿Necesita ayuda? —La dependienta dirige a papá una sonrisa radiante. Es evidente que no podemos andar más despistados. Estamos delante de una flotilla de cochecitos de niño, alineados frente a nosotros como un ejército.

Sí, desde luego que la necesitamos.

—¿Qué está buscando? ¿Tiene alguna necesidad en particular, o le interesa algún modelo en concreto?

Papá la mira perplejo y a mí me entra una vergüenza espantosa. El resto de los clientes del departamento infantil parecen saber lo que hacen: mujeres con las manos sobre sus enormes y orgullosas barrigas de embarazadas, hombres que llevan en brazos a niños inquietos... Mi padre y yo estamos totalmente fuera de lugar: demasiado tristes y delgados y callados. Me preocupa que toda esa gente feliz y ruidosa se dé cuenta, que note nuestra mala suerte. Aunque todos están demasiado absortos, cogidos de la mano, riéndose y limpiándoles los mocos a sus niños. Me encojo y deseo que me trague la tierra.

—Necesitamos un cochecito —dice papá.

Se sonroja y no es capaz de mirar a los ojos a la sonriente dependienta que, según informa su placa, se llama Julianne.

—Desde luego, caballero. ¿Seguro que quiere un cochecito? ¿O un sistema de tres piezas?

—Ah. Pues...

Julianne aguarda, con la sonrisa pegada a la cara.

—No lo sé.

—Bueno, depende de para qué vaya a utilizarlo —le ayuda Julianne.

—Pues para poner dentro a un bebé —le espeta mi padre.

Yo me miro los pies. No sé cómo he dejado que papá me convenciera para venir. Supongo que porque parecía desesperado: «Por favor, Pearl, no creo que sea capaz de ir solo.»

Patético. Y estaba dispuesta a decírselo, además.

—El que quería un bebé eras tú.

De no haber sido por él, no tendríamos que ir a comprar ningún cochecito. Si se hubiera contentado con las cosas como estaban... Pero entonces tuve la súbita sensación de que mamá podría estar mirando desde detrás de las cortinas, o por la ventana, y que luego me armaría una buena bronca. Así que, de muy mala gana, me dejé convencer.

—¿Es...? —Julianne se interrumpe, mirando primero a mi padre y luego a mí, y luego mi barriga evidentemente no embarazada, y a papá otra vez—. ¿Es para ustedes?

Mi padre no contesta. Por el pasillo, una pareja y otra dependienta aplauden a un niño pequeño que anda paseando a su roído peluche en una sillita de un verde chillón.

—¡Muy bien, Harry! —babea la mujer, que está embarazadísima—. Me parece que *Conejito* y tú habéis elegido por nosotros, ¿eh, cariño?

Los odio. Los odio a todos, incluido a *Conejito*.

—Sí —mascullo a Julianne—. Es para nosotros.

—¡Muy bien! —exclama, radiante—. Bueno, empecemos con algo sencillo. ¿Quieren que el niño vaya mirando hacia delante o hacia ustedes?

Papá sigue sin decir nada.

—Claro que si es un recién nacido... —Nos mira interrogante y papá asiente con la cabeza—. Bueno, entonces necesitarán algo que pueda ponerse totalmente en horizontal, bien con un capazo que encaje en el chasis, como éste, o...

Julianne sigue hablando, y yo le miro la boca y oigo sus palabras, pero no entiendo nada en absoluto. Papá tiene mi misma cara de pasmo. Y de pronto me acuerdo de aquel día en el hospital. El día en que mamá murió. El médico no paraba de hablar: preclampsia, edema cerebral, cesárea... Palabras y más palabras que no significaban nada para mí.

—Cuando son pequeños es muy bueno que vayan mirando hacia los padres —explica ahora Julianne—. Ayuda a establecer vínculos afectivos...

Recuerdo muy bien la cara del médico: tenía el cutis terso y moreno, y una perilla canosa. Era un rostro amable. Al final nos preguntó si teníamos alguna duda.

—...las ruedas neumáticas van mejor para el terreno irregular, pero, claro, suponen algo más de peso... —prosigue Julianne.

—¿Está muerta definitivamente? —pregunté yo.

El médico me miró entonces, sorprendido.

—Sí —contestó por fin, con una mirada triste detrás de sus gafas—. Lo siento.

—Y por supuesto tenemos este otro. —Julianne apoya una mano de impecables uñas en el asa de otro carrito—. Éste tiene la opción de añadir una silla adicional para un hermanito, o una hermanita, si es preciso en un futuro.

Y mira radiante a mi padre. Él también la mira, pero estoy bastante segura de que ni siquiera la ve. Se queda ahí con la vista fija hasta que la situación se torna tan violenta que me pongo a fingir que estoy buscando algo en mi bolso.

—No sabía que iba a ser tan complicado —dice papá por fin.

Tiene la voz muy rara. Alzo la vista y se me hace un nudo en el estómago. Tiene la cara empapada en lágrimas.

—¡Papá! —¡Por Dios! Por favor, que no nos vea nadie. Julianne ya no sonríe.

—¿Está usted bien, caballero?

La estúpida mujer del conejito, que lleva un estúpido caftán, mira hacia nosotros y aparta la vista de inmediato. Tengo que sacar de aquí a papá antes de que alguien más se dé cuenta.

—¿Le gustaría sentarse un momento? —le ofrece Julianne—. ¿Le traigo un vaso de agua?

—No. —Mi padre intenta recobrarse—. Es que...

Y va y se marcha, dejándonos ahí a Julianne y a mí mirándonos como tontas.

—¿Le pasa algo?

—¿Tú qué crees? —mascullo, y voy tras él.

Lo sigo por la escalera mecánica, pero va tan deprisa que tengo que echar a correr.

Por fin lo alcanzo en la sección de cocinas. Le aferro el brazo y lo hago volverse para mirarme.

—¿Cómo has podido hacerlo? ¿Cómo has podido humillarme así?

Por un momento se lo ve tan furioso que parece que se vaya a poner a gritarme allí mismo, en mitad de la tienda,

67

rodeado de teteras y tostadoras. Pero al final le fallan las fuerzas.

—Necesito un café —dice como agotado—. Vamos.

Yo vacilo un momento.

—No discutas conmigo, Pearl. Sólo por una vez.

De manera que me marcho con él y atravesamos la planta hasta llegar a la enorme y espaciosa cafetería. Mi padre va a pedir los cafés y yo me siento a una mesa junto a los ventanales que dan al aparcamiento.

Cuando vuelve con la bandeja, nos quedamos un rato en silencio, papá tomándose el café y mirando por la ventana las múltiples filas de coches que se extienden casi hasta donde alcanza la vista y relucen al sol.

—Me lo había imaginado todo, ¿sabes? —me dice por fin.

—¿El qué?

—Todo esto. Lo de venir a comprar lo necesario: el moisés y la ropita. Antes. Cuando mamá estaba embarazada. Me había imaginado cómo sería. Mamá fingiría que no le hacía ninguna ilusión y se quejaría de que le dolían los pies y tendría a todas las empleadas pendientes de ella. Y tú te portarías como si hubieras venido obligada, todo el rato con el móvil, enviando mensajes a Molly, y luego elegirías las cosas más caras. Y yo... yo feliz.

Mira a lo lejos por la ventana, viendo cosas que yo no puedo ver, recuerdos que nunca existieron. Fuera hace calor. El verano se ha adelantado y todo el mundo va en camiseta y pantalones cortos o vestiditos. Pero aquí el aire acondicionado es gélido y me estremezco.

—Cada día es un compendio de pequeños detalles que no suceden —dice mi padre.

—¿De qué hablas?

Se queda callado un momento, pensando.

—Ayer tenía intención de ordenar los cedés —dice por fin—. Ya sabes que mamá siempre los metía en la caja que no correspondía, o los dejaba tirados por ahí, y yo tenía que ponerme después a clasificarlos y a colocarlos en su sitio. Me ponía negro.

Es cierto. A lo mejor entraba yo en la cocina y me lo encontraba ahí, congestionado y enfadado, blandiendo las cajas de los cedés y protestando: «¡Ha metido sus malditos Abba con mi Wagner! ¡Otra vez!»

Como si a alguien le importara o supiera siquiera de qué hablaba. Y mamá resoplaba y replicaba con una mueca: «Pues Hitler era un gran admirador de Wagner, no sé si lo sabes.»

—Pero ayer —prosigue ahora mi padre— estaban todos ahí, en sus estantes, en sus cajas, en orden. Como tiene que ser. Como yo los había dejado.

¿Qué voy a decirle?

—Puedes ir pasando el día a día. Puedes ir tirando, puedes convencerte de que vas bien. Pero son los detalles inesperados los que... —Y aquí se le quiebra la voz.

¡Por favor, que no se eche a llorar otra vez!

—¿A ti también te pasa? —Me mira algo inseguro.

—No sé por qué no te compras un iPod y se acabó.

Él parpadea.

—No soy tu enemigo, Pearl. ¿Por qué tengo la sensación de que me crees tu enemigo?

—No sé qué quieres decir. —Pero soy incapaz de mirarlo a los ojos.

Terminamos el café en silencio.

Y no volvemos al departamento infantil.

—Ya compraré el cochecito por internet —declara, mientras vamos de vuelta a casa.

Pero no puedo evitar sentir que es una victoria, como si el destino hubiera intervenido. Como si volver sin el cochecito significara que no hay ningún bebé.

Papá me deja en casa y se marcha al hospital, sin molestarse en preguntarme si quiero acompañarlo. Me bajo del coche en silencio, y él tampoco me dice adiós. Subo a mi cuarto y saco mis apuntes para estudiar, pero no consigo concentrarme. Sólo puedo pensar en la Rata. Mientras ha estado en el hospital, casi he sido capaz de fingir que no existía. Pero pronto estará aquí, en casa, todo el tiempo.

Salgo al rellano y me quedo ante la reluciente puerta blanca de su habitación. La abro despacio y entro. No he estado aquí desde que murió mamá. Junto a la cuna hay una vieja mecedora que mamá había pintado y atiborrado de cojines forrados con las viejas cortinas de mi cuarto, de cuando era pequeña. Se me habían olvidado por completo, hasta ahora que vuelvo a ver la tela: elefantes con pelotas en las trompas. En su momento me gustó que tuviera algo mío, el bebé sonriente y regordete con sus rizos rubios. Me la había imaginado durmiendo tranquilita en su cuna bajo la colcha bordada que Molly y yo habíamos elegido, con el dedito en la boca y las mejillas coloradas.

Me siento en la mecedora y me balanceo con suavidad. Cierro los ojos y me imagino que tengo en brazos a la niña que debería haber sido. Un bebé que sonríe, que gorjea, que me tiende sus deditos perfectos...

Detengo bruscamente la mecedora con el pie, me levanto y me marcho.

La habitación es de esa niña, no de la Rata.

La Rata es una impostora.

Junio

—¡No me lo puedo creer! —chilla Molly, abrazándome en cuanto salimos del examen—. Si no queremos, ya no tendremos que hacer más exámenes en toda la vida.

El follón a nuestro alrededor es ensordecedor. Todos parlotean nerviosos y se abrazan y comparan las respuestas del examen.

—¿Te vienes a celebrarlo? —me pregunta, agarrándome del brazo mientras salimos al sol de la tarde—. Luego iremos al parque unos cuantos.

Pero lo único que yo quiero es estar sola en algún sitio tranquilo.

—No, lo siento. Tengo que volver a casa. —Sé que se imaginará que es por algo de la niña, y no pienso sacarla de su error.

—Ah. —Le cambia la cara—. Qué pena. ¿Ni siquiera tienes tiempo para venir a tomarte un café rapidito con Ravi y conmigo? Él se examina mañana, así que no podrá quedarse mucho.

—No, no puedo.

—¿Qué tal va todo? ¿Cómo está la pequeña Rose? —me pregunta mientras salimos del instituto.

—Bien. Se viene a casa la semana que viene.

—¡Eso es fenomenal!

—Sí. Fenomenal.

Molly me mira algo sorprendida.

—No pareces muy contenta.

Me encojo de hombros.

—Ojalá te abrieras un poco conmigo, Pearl. —Se queda callada un momento, se le forma una pequeña arruga en la frente—. ¿Te resulta rara la idea de tener a Rose en casa? —pregunta por fin, algo vacilante—. ¿Te hace pensar en tu madre?

No contesto.

—Bueno, ya sé que debes de pensar en ella sin parar, pero ¿crees que ahora será peor, ahora que tendrás en casa a Rose pero no a tu madre?

Me detengo en seco y la miro. ¿Cómo sabe lo que siento? ¿Podría comprender lo de la Rata? ¿Podría contárselo?

—Ya sabes que conmigo puedes hablar —insiste.

—Uy, mira —digo de pronto, aliviada al ver una vía de escape—. Ése es Ravi, ¿no?

Es fácil de reconocer, a pesar de que sólo lo he visto una vez, sobre todo por lo altísimo que es; les pasa una cabeza a todos los que lo rodean, un chico desgarbado y un poco tímido. Está en la verja del instituto. Me había olvidado de su estúpido tupé torcido. Se le ilumina la cara al ver a Molly, y ella va corriendo a darle un beso. Ravi tiene que agacharse.

—No os he presentado como es debido, ¿no? —dice Molly sonriendo cuando llego hasta ellos—. Ravi, ésta es Pearl, mi mejor amiga en el mundo mundial. Pearl, Ravi.

—Hola —me saluda él, nervioso, aún más tímido—. Encantado de conocerte. —Y me tiende la mano.

—Un poquito formal, ¿no te parece? —digo, echándome a reír.

—Ah, sí, claro. —Está avergonzado—. Perdona.

Molly lo rodea con el brazo.

—Ravi tenía muchas ganas de conocerte, Pearl.

Lo dudo.

—Sí —confirma él, sonriente—. Molly me ha hablado mucho de ti.

—Vaya por Dios. Pues no te creas ni una palabra.

Se parte de risa, como si acabara de contarle el chiste del siglo.

—No te preocupes —me dice muy serio—. Todo cosas buenas.

—Bueno, eso espero, desde luego.

Finjo estar de broma, pero la verdad es que de pronto no puedo evitar preguntarme qué le habrá contado Molly de mí. Obviamente, lo de mamá. A lo mejor por eso el chico se esfuerza tanto por ser simpático. Pero ¿qué más? «Antes éramos muy buenas amigas, pero...» Pero ¿qué?

«¿...pero nos hemos distanciado?»

«¿...pero, desde que murió su madre, Pearl se comporta como una verdadera arpía?»

«¿...pero ahora que te tengo a ti ya no la necesito?»

A lo mejor ni siquiera habla de mí. Supongo que cuando están juntos tienen otras cosas en la cabeza. Me asalta una perturbadora imagen de Ravi con muy poca ropa, todo piernas flacas y rodillas huesudas, las gafas nubladas y algo torcidas...

—En fin —digo con firmeza, intentando borrar de mi mente a Ravi desnudo—. Tengo que irme.

—Vaya —suspira él, el de verdad, el que va vestido—. ¿No te vienes con nosotros? Molly pensaba que querrías celebrarlo, y lo cierto es que yo tenía ganas de que nos conociéramos mejor. —Parece sincero.

—No puedo, lo siento.

—¿Ni siquiera un ratito? —insiste Molly, cogiéndome la mano—. Anda...

Observo su rostro amable y suplicante y me doy cuenta de lo mucho que la echo de menos.

—Bueno...

A lo mejor sí que podría. A lo mejor debería dar una oportunidad a Ravi. A lo mejor no es tan malo.

—Venga, anímate —me dice él—. Si no, ya no podremos vernos hasta que Molly y yo volvamos de España.

Me quedo de piedra.

—¿Qué?

—Ah, sí. Iba a contártelo —asegura Molly, un poco cortada—, pero es que no he tenido ocasión.

Sé que tiene razón, que no ha tenido ocasión de contármelo porque sólo nos hemos visto en el aula del examen. Yo todavía estoy sin móvil y en casa nunca cojo el teléfono, y hace semanas que no miro el portátil. Y a pesar de todo, no puedo evitar la sensación de que me ha estado ocultando un secreto.

—¿Os vais a España? ¿Los dos juntos?

—Los padres de Ravi tienen allí un apartamento y van un mes todos los veranos. Y nos han dicho que si queríamos ir con ellos. —Molly me mira ansiosa.

De pronto me acuerdo de las cosas que habíamos planeado hacer en verano después de los exámenes finales. Llevábamos pensando en ello desde el año pasado. Iríamos a festivales, a lo mejor haríamos algún viaje. Un InterRail por Europa si Molly ganaba dinero suficiente y podía librarse de cuidar de sus hermanos. A mi padre no le había hecho ninguna gracia. «Venga, hombre —le había dicho mamá—. Que ya es mayorcita. Déjala vivir algunas aventuras.»

—Pero si tú siempre tienes que cuidar de los niños en las vacaciones de verano. —Me sale la voz un poco ahogada.

—De momento mi madre está haciendo un montón de turnos de noche, así que de día estará en casa. Y los pequeños tendrán niñera. Mi padre dice que soy una egoísta y que no tenemos dinero para pagar a una niñera cuando yo podría hacerlo gratis. —Molly parece disgustada—. Pero a mi madre le parece bien. Mira, otra cosa que tienen para discutir.

—No te sientas culpable. —Ravi la rodea con el brazo—. Te pasas la vida cuidando de tus hermanos. No puedes permitir que tus padres recurran siempre a ti.

Eso mismo le repetía yo antes a Molly, y ahora es Ravi quien se lo dice. Me fijo en su absurdo tupé con brillantina y en sus absurdas gafas de diseño, y lo odio.

Nos quedamos ahí un poco incómodos, mientras la gente pasa a nuestro alrededor, unos gritando y dándose palmadas en la espalda, otros todavía comentando las respuestas del examen. Hasta que me doy cuenta de que probablemente Ravi esté esperando que lo apoye, que tranquilice a Molly.

—No me puedo quedar —me limito a decir—. Tengo que irme. —Doy media vuelta y echo a andar hacia el parque antes de que mi amiga pueda darme un abrazo para despedirse.

—¡Pearl! —me grita—. ¿Me llamas luego? No quiero telefonear a tu casa por si interrumpo... o algo. A ver cuándo consigues otro móvil.

Nunca.

Cuando miro atrás, Molly y Ravi bajan de la mano por la cuesta, riéndose.

Por fin llego a casa, pero la puerta no se abre bien. Choca contra algo grande que hay en el recibidor. La empujo con fuerza, entro como puedo y me encuentro con un carrito descomunal, tan enorme que podría dar cabida a trillizos. Es uno de esos cochecitos pijos de estilo retro, pero nuevo, azul marino y plata brillante, con las ruedas blancas. Julianne nos había enseñado uno igual en la tienda: «Si no les preocupa el precio, podrían plantearse algo así...»

Parece totalmente fuera de lugar en nuestro ruinoso recibidor. Lo aborrezco. ¿Por qué no ha comprado mi padre un cochecito normal, como todo el mundo? Pero no: para su hijita del alma sólo lo mejor.

Cruzo la cocina y cierro la puerta para no verlo más. Aunque el día es radiante y luminoso, la cocina está medio en penumbra, llena de sombras. Sobre la mesa hay una nota:

Hoy me quedaré hasta tarde en el hospital. No he podido ir al súper. Lo siento, cariño. Aquí te dejo dinero para que encargues algo de cena. Un beso. Papá.

Garabateado al final, como si acabara de acordarse, se lee:

Espero que te haya ido bien el examen.

Yo escribo debajo:

Pues no, muchas gracias por preguntar.

Me siento y me quedo mirando un rato la nota, hasta que hago una bola con ella y la tiro a la basura. Meto los folletos de comida a domicilio en el cajón y me guardo el dinero. A continuación me sirvo un vaso de agua y me vuelvo a sentar, sin hacer ni caso a los rugidos de mi estómago. Las sombras moteadas de los árboles danzan en el suelo.

—Bueno. —La voz de mamá surge entre las sombras a mi espalda—. Desde luego, tú sí que sabes celebrar las cosas.

—¡Por Dios! —exclamo, intentando disimular el alivio de verla—. ¡No me pegues estos sustos!

—Yo también me alegro de verte, mi queridísima hija. —Me sonríe radiante—. Pero dime, ¿qué haces aquí sola medio a oscuras? ¿No era hoy tu último examen? ¿No deberías andar por ahí celebrándolo y desmadrándote, haciendo cosas de las que yo preferiría no enterarme?

—Estoy cansada.

—Creía que habrías salido con Molly.

—No. Está con su nuevo novio. Ravi. —Lo digo con todo el desprecio del que soy capaz.

—Llámame Sherlock Holmes, pero... ¿me parece detectar cierta falta de entusiasmo por el príncipe azul de Molly?

—Ya sabes cómo es —replico—. Sus novios son siempre catastróficos.

—Vaya por Dios, pobre Molly —suspira mamá—. Con lo lista que es, ¿por qué sale siempre con chicos que la tratan mal?

—No, qué va —me apresuro a aclarar, acordándome de Jay, el novio anterior de Molly, que resultó que tenía otras varias novias y una prometida embarazada; y del anterior, Ozzy, que trabajaba en el mercado y almacenaba DVD piratas en el piso de Molly, cosa que ella ignoraba, hasta que apareció la policía—. Ravi no es así.

—Entonces, ¿a éste qué le pasa?

Me quedo pensando un momento y la verdad es que no se me ocurre nada.

—Es difícil de explicar —acabo contestando.

—¿Es arrogante? —dice mamá, sentándose a mi lado.

—No.

—¿Rarito?

—No.

—Entonces ¿qué? ¿Es grotesco? ¿Es falso? ¿Machista? ¿Sucio?

—No, no. Nada de eso. Pero...

—¿Qué?

Me levanto y me sirvo más agua mientras intento dar con lo que no me gusta de él.

—Es que ya sabes cómo es Molly, que siempre ve lo positivo de todo el mundo. Podría salir con un asesino en serie bígamo y le vería algo bueno. Que tiene una sonrisa bonita o algo por el estilo, o que tuvo una infancia muy desgraciada.

—Pero sigues sin contarme cuál es el problema en particular de su novio de ahora. Me imagino que no será un asesino en serie bígamo, ¿no?

—No.

—Entonces, ¿qué le pasa?

Lo que más me molesta es que en realidad no se me ocurre nada.

—Que va a la escuela pija esa.

—¿Y qué?

—Que me ha estrechado la mano cuando nos han presentado —añado tontamente—. Y es... demasiado alto.

79

—Bueno, si eso es lo peor que se te ocurre de él —comenta mamá, echándose a reír—, Molly puede darse por satisfecha. Y tú deberías alegrarte por ella, teniendo en cuenta su historial atrayendo a colgados y delincuentes.

—Se reía de mis chistes a pesar de que no tenían mucha gracia —observo, intentando todavía concretar qué no me gusta de él.

—Aaah... ahora sí que lo entiendo. Es evidente que está loco.

—Muy graciosa.

—¿No se te ha ocurrido que a lo mejor estaba un poco nervioso? A los chicos les da un miedo terrible la mejor amiga de su novia. Y con razón. Saben que si meten la pata en algo, será la Mejor Amiga la que aparecerá en su puerta dispuesta a arrancarles un testículo o dos. —Vuelve a reír—. ¿Te acuerdas de cuando Molly y tú os encontrasteis con su espantoso ex en el mercado, y tú le soltaste lo que pensabas de él delante de todo el mundo?

Era Ozzy. Sonrío al acordarme.

—Te dedicaron una ronda de aplausos, ¿no?

—Sí.

Fue un gran momento. Molly se llevó un buen disgusto al verlo, se sentía muy humillada, y él se portó como un cerdo, venga a sonreírme y a guiñarme el ojo, de lo más insolente y descarado, sin hacerle el más mínimo caso a ella. Perdí los estribos y lo puse verde allí mismo.

Molly estaba de lo más agradecida: «Es una suerte tener una amiga como tú.»

Al acordarme me quedo muy parada. Casi se me había olvidado lo que era tener una amistad así.

—Pero este Ravi, por lo que cuentas, parece muy buen chico —comenta mamá—. Sinceramente, no veo cuál es el problema.

—Pues que creo que Molly podría aspirar a algo más —concluyo con un suspiro.

Mamá sonríe.

—¿Te acuerdas de cuando salías con aquel espanto de... cómo se llamaba... Baz?

—Taz. Y tampoco estábamos saliendo, exactamente.

—Enseguida me di cuenta de que era un... Bueno, me lo voy a ahorrar. —Mamá esboza una sonrisa santurrona—. Y sin embargo, no te dije nada. No te dije nada porque no quería meterme en tus asuntos.

Me atraganto con el vaso de agua y mamá me da unos golpecitos en la espalda.

—Pearl, me temo que cuando queremos a alguien, tenemos que apoyar sus decisiones, incluso si no estamos de acuerdo con ellas. Yo sabía que tenía que dejar que cometieras tus propios errores, así que me callé lo que pensaba.

—¡Tú qué te vas a callar! ¿Cuándo te has callado lo que piensas?

Mamá se muestra sorprendida.

—Bueno, desde luego, ésa era mi intención.

—Lo llamaste... espera que me acuerde bien... «un gilipollas egocéntrico».

—Ah, ¿sí? —murmura ella.

—Sí. ¡Y en sus narices!

—Ah. En fin... —Ahora abre la nevera para esconderse detrás de la puerta—. Pero eso era distinto. Soy tu madre. Y además... —Asoma la cabeza por la puerta de la nevera—. Además, tenía razón, ¿no?

Y de nuevo desaparece de la vista. Se oye un trasteo dentro de la nevera, seguido de una serie de chasquidos y un murmullo de palabrotas.

—Y ahora mismo sigues metiéndote en mis asuntos —mascullo.

Mamá vuelve a asomar la cabeza.

—¿Qué?

—Pero... ¿qué estás haciendo?

—¿Por qué no hay comida en esta nevera? Bueno, excepto esto... —Levanta un pepino bastante flácido—. Y esto.

—Y con la otra mano estampa contra la pared un trozo de queso, que suena como un martillo contra una piedra. Un trozo se parte y se estrella contra el suelo.

Me encojo de hombros.

—Papá no ha podido ir al súper. Se pasa casi todas las noches en el hospital.

Mamá se queda de pronto inmóvil.

—En el hospital —repite con voz queda—. Con Rose. —Y por un momento es como si se le hubiera olvidado que estoy aquí—. ¿Ahora está allí?

—Sí.

Me mira con atención.

—¿Y tú no?

—No.

Me mira fijamente, sin apartar la mirada en ningún momento.

—¿Vas alguna vez a verla?

Me pongo tensa. No puedo permitir que sepa la verdad. Nunca me perdonaría, eso lo sé bien. Mamá era una gran especialista en guardar rencores.

—He estado muy liada —me excuso, sin mirarla a los ojos—. Con los exámenes y eso.

—Pero... ¿está bien?

—Sí. —Me callo un instante—. Pronto le darán el alta.

Mamá se lleva la mano a la boca y me da la espalda. Pasa un buen rato antes de que pueda hablar otra vez. Cuando se vuelve hacia mí, tiene lágrimas en los ojos.

—Ay, Pearl. Es maravilloso. Maravilloso, ¿verdad?

Yo vacilo un momento.

—Sí.

—No pareces muy contenta.

—Es que estoy muy cansada, nada más.

—¿Y papá? ¿Está bien?

—Sí.

—Nunca me hablas de ellos —comenta, en un tono significativo—. ¿Por qué será? —Saca del bolsillo el mechero de plata, lo enciende y me lo acerca para iluminarme la cara. La llama resplandece en la oscuridad.

—Oye, de verdad que estoy muy cansada. Creo que voy a darme un baño.

Me imagino que intentará retenerme, que se ha dado cuenta de que estoy evitando hablar de papá y la Rata. En cambio, apaga el mechero y se inclina para darme un beso.

—Sí, te has ganado un descanso. Buenas noches, mi vida.

—Buenas noches, mamá —digo volviéndome hacia ella mientras salgo de la cocina.

Mamá me sonríe entre las sombras.

Pero cuando paso como puedo entre la pared y el maldito cochecito para subir por la escalera, siento un pánico creciente. No puedo marcharme y dejarla así sin más. Corro a la cocina.

—Volverás pronto, ¿no?

Pero estoy hablando con las sombras, porque mamá ya no está.

Después del baño, mientras bajo la escalera para ver si mamá ha vuelto, llega mi padre a casa y estampa la puerta contra el cochecito.

—Ya veo que has comprado el cochecito —le digo—. ¿Estás seguro de que es lo bastante grande?

—Ah. —Se lo ve algo incómodo—. Sí, ha llegado esta mañana. Sí que es un poco grande, ¿no? Quizá tendremos que reorganizar el recibidor.

—¿Un poco grande? ¡Si podríamos vivir en él! ¿Por qué no has comprado un cochecito normal, como todo el mundo?

—La verdad es que no lo he comprado.

—¿Cómo?

—Que ha sido... un regalo.

—¿Un regalo de quién?

83

Papá vacila un momento.

—De la abuela.

—¿De la abuela?

—Sí.

Por un instante, imagino la reacción de mamá.

—Ya. Pues habrá que devolverlo.

—Pero ¡cómo voy a devolverlo! Lo necesitamos.

—Pero ¡mamá no habría permitido que nos lo comprara ella!

—Rose es su nieta, Pearl. Ya sé que mamá y la abuela no se llevaban muy bien, pero la abuela nos quiere. Sabe que estamos pasando por una situación muy difícil y desea ayudar, eso es todo. Estoy seguro de que mamá se lo agradecería.

—Qué va. A mamá le parecería una traición. No le haría ninguna gracia que trataras con ella.

—Es mi madre, Pearl —replica papá, negando con la cabeza.

—Sí. Y odiaba a la mía.

—Eso no es verdad. Ya sé que no pensaban de la misma manera, pero la abuela nunca ha odiado a mamá.

—¡Sí la odiaba! —le grito—. No hace falta que te molestes en ocultármelo, porque mamá me lo contó todo. La abuela pensaba que mamá no era lo bastante buena para ti, y siempre estaba metiéndose con ella. Quería que os separarais. Y por eso dejaron de hablarse hace tantos años.

—No fue exactamente así.

—¿Ah, no? ¿Ahora me estás diciendo que mamá era una mentirosa?

—No, claro que no.

—¿Ah, no? Pues lo parece.

—Mira, Pearl, estás muy nerviosa. ¿No podemos hablarlo más tarde?

—¿Por qué? —Le doy la espalda y subo furiosa la escalera—. No hay nada más que hablar.

. . .

—Bueno, por fin ha llegado el momento —dice mi padre mientras atravesamos el aparcamiento del hospital. Empuja el cochecito con tanto orgullo y cuidado como si ya llevara un bebé—. ¿Puedes creerlo?

—Pues no. —Lo sigo un poco rezagada, y él se vuelve para intentar captar mi expresión, pero le da el sol en los ojos. Se detiene un momento a esperarme.

—Ya sé que todo esto se te hace raro. —Nos estamos acercando a las gigantescas puertas giratorias del vestíbulo—. Y que estarás nerviosa. La verdad es que yo también siento cierta aprensión. Pero, cariño, en cuanto Rose esté en casa y la conozcas un poco, seguro que lo verás todo de otra manera.

No tengo la más mínima intención de conocer mejor a la Rata, pero tampoco me apetece volver a discutir y todavía tengo muy presente la voz tensa de mamá cuando hablamos de la niña, así que me callo. Mi padre está tan nervioso e ilusionado que parlotea sin ton ni son. Parece distinto. O a lo mejor es que ya no me parece distinto. Vuelve a ser mi padre de siempre: mayor, con canas en las sienes y arrugas en torno a los ojos, pero es como si por dentro se acordara de quién era antes de todo esto. Siento una punzada de envidia. ¿Cómo lo habrá conseguido?

—Todo irá bien —asegura, tratando de tranquilizarme mientras entramos.

Me pone la mano en el hombro y por un instante casi deseo que tenga razón.

El olor es como una bofetada. En cuanto ponemos un pie en el hospital, creo que voy a vomitar. Cuando mamá murió, aquel olor apestoso se me pegó a la ropa durante días. Por más que la lavara, no había forma de eliminarlo. Al final metí las prendas en una bolsa y las tiré a la basura. Pero lo más extraño es que ni así desapareció el olor. Lo llevé semanas como pegado a la piel y al pelo.

Voy detrás de mi padre, y sólo puedo pensar en la última vez que estuve aquí, corriendo por estos mismos pasillos. Siento las náuseas en la garganta y empiezo a marearme.

—No puedo ir contigo —le digo.
Papá se da la vuelta.
—¿Qué?
—No puedo. Te espero fuera.
Su expresión pasa del asombro a la decepción.
—¿Por qué haces esto, Pearl? —Noto que le cuesta un esfuerzo no levantar la voz—. ¿Por qué tienes que ponérmelo todo tan difícil?

No lo entiende. No está pensando en mamá. Sólo puede pensar en la Rata. Doy media vuelta y salgo a la carrera. Corro por los pasillos, por delante de enfermeras y viejos que arrastran los pies y familiares preocupados y camillas con gente y carritos con medicamentos. Corro por el vestíbulo con su cafetería y sus espantosas plantas de plástico, y por fin salgo al aparcamiento.

Me apoyo contra una pared intentando recuperar el aliento, rodeada de los que han salido a fumarse un cigarrillo: médicos, visitas, pacientes en sillas de ruedas, todos congregados en la pequeña zona pavimentada a la puerta del hospital.

Cierro los ojos un momento para ver si me despejo.
—Hola —me saluda una voz—. Eres Pearl, ¿no?
Al abrirlos me encuentro con una anciana de aspecto muy frágil, a la que tardo un momento en reconocer: es la vecina de al lado.
—Dulcie —se presenta, tendiendo una mano diminuta y débil. Sus ojos parecen sorprendentemente azules y despiertos entre las arrugas del rostro—. Tu vecina. No nos habíamos presentado, ¿verdad? Aunque sí he hablado con tu padre unas cuantas veces. Espero que todo vaya bien. No te habrás puesto enferma, ¿verdad?
—No. Mi padre ha venido para... —Pero no logro terminar la frase. Ni siquiera soy capaz de hablar de la Rata—. Para recoger a alguien —digo al fin.

La mujer me mira con una expresión extraña, que se apresura a disimular con una sonrisa.

—¿Al bebé? —adivina. Noto que me sonrojo al ver que la mujer se ha dado cuenta de que yo pretendía evitar la mención de la Rata—. Tu padre me dijo, la última vez que lo vi, que los médicos esperaban darle pronto el alta.

—Pues sí. —Intento sonreír.

—¡Vaya! Tienes que traérmela pronto a casa para que la conozca. Vendrás, ¿verdad?

—Vale —miento.

—Y a lo mejor así podrás ver otra vez a Finn —añade—. Mi nieto. Vendrá a pasar conmigo el verano, cuando acabe los exámenes, antes de ir a la Facultad de Música en septiembre. Me ayudará con la casa y el jardín, porque ya no puedo con todo. Es un gran chico. Creo que ya lo conoces, ¿no? De cuando vino a pasar unos días.

Estoy a punto de contestar que no, pensando que la mujer está un poco senil, cuando caigo en la cuenta: se refiere a aquel espantoso y desgreñado jardinero que me oyó gritarles a los arbustos. Es su nieto.

—Ah. —Y vuelvo a ponerme como un tomate—. Sí, lo vi una vez. —Sólo de acordarme me entran ganas de que se me trague la tierra.

—Pues tienes que pasarte por casa cuando venga. Seguro que estará encantado de verte.

La verdad es que lo dudo.

—En fin, tengo que irme, que llegaré tarde al médico otra vez. —Y entonces hace una mueca de dolor, aunque la disimula bien.

—¿Se encuentra bien? ¿Quiere que la acompañe?

—No, bonita. Tú espera aquí a tu hermana, que yo estoy bien. Esto es como mi segunda casa. Soy capaz de recorrérmelo con los ojos cerrados. Confío en que nos veamos pronto —se despide sonriendo.

La veo entrar en el hospital, tan menuda, tan encorvada, con movimientos lentos y doloridos. En cuanto desaparece, voy a sentarme en un banco de las paradas del autobús. No tengo que esperar mucho antes de que mi padre aparezca por la puerta, aferrado a su carrito, esta vez con la Rata dentro. Me impresiona mucho volver a verla. Ha cambiado muchísimo. Ya no parece una extraterrestre. Sigue siendo diminuta y esquelética, pero ahora sí tiene pinta de bebé, con el pelo oscuro y unos ojos grandes con los que mira el mundo exterior por primera vez. Aunque no tiene ningún rasgo especialmente bonito: ni las mejillas sonrosadas ni hoyuelos ni nada.

Subimos al coche en silencio.

Y en ese mismo instante, la Rata se pone a chillar. Es un ruido rarísimo, una especie de grito ronco que se repite sin cesar. En el espacio reducido del coche, resulta ensordecedor.

—A lo mejor se calla cuando nos pongamos en marcha —dice papá—. Lo más probable es que se duerma.

Pero qué va. La Rata no deja de chillar ni un solo segundo en todo el trayecto.

—Quizá deberías llevarla de vuelta al hospital —sugiero—. Igual le pasa algo.

—Los niños lloran, Pearl —me espeta papá en tono desabrido—. Rose está bien. Lo que pasa es que todo esto es nuevo para ella y seguramente estará asustada.

También es nuevo para mí, me gustaría decirle. También yo estoy asustada.

En cuanto entramos en casa, mi padre saca a la Rata de su silla y por fin la niña para de llorar. Pero cada vez que pretende ponerla en el carrito otra vez, empiezan los berridos. Al final se duerme en brazos de mi padre, y yo los dejo en el salón, exhaustos en el sofá.

Sin embargo, aún resuena el llanto en los oídos.

Estoy corriendo. Corro por pasillos, pasillos verdes idénticos que van haciéndose cada vez más largos. Intento ir más deprisa, pero no puedo mover las piernas y no voy a llegar, no voy a llegar...

Me incorporo de un brinco en la cama, todavía medio metida en el sueño. Trato de respirar despacio mientras los pasillos se desvanecen dejando sólo la oscuridad. Por un momento me siento muy aliviada, pero también eso desaparece en la oscuridad. Noto lágrimas en la cara, y recuerdo por qué. Me las enjugo con la manga. Me odio por olvidar, aunque sólo haya sido por un instante, como me pasa todas las mañanas. Sólo que... Me está costando reaccionar... Sólo que no es por la mañana. El reloj marca las 3.17.

Aquí hay algo raro, y tardo un rato en darme cuenta de lo que es.

Es el silencio. Todas y cada una de las diez noches que lleva la Rata en casa, sus llantos lo han invadido todo. Pero esta noche sólo se oyen los chasquidos de las tuberías y los ladridos lejanos de un perro. Mi mente aún no ha salido del todo de la pesadilla. Igual ha pasado algo mientras dormía. Me levanto y recorro el frío rellano hasta la habitación de mi padre y entreabro la puerta. Está en la cama, incorporado sobre varias almohadas, pero dormido. Con la mano parece proteger la diminuta espalda de la Rata, que duerme sobre su pecho. Ambos iluminados por la lámpara de la mesilla, que se ha quedado encendida.

Los observo un momento, con la sensación de estar entrometiéndome en algo muy íntimo. Hago un esfuerzo por apartar la vista y volver a mi cuarto, pero no puedo dejar de pensar en ellos: los dos juntos al otro lado de la pared, respirando suavemente.

Al final renuncio a seguir durmiendo y bajo a prepararme un té. Me lo llevo al estudio de mamá, aunque no espero que esté allí a estas horas. Sólo quiero sentirme un poco menos sola.

Dejo el té en la mesa y abro con cuidado la caja rotulada como «ESTUDIO DE STELLA (PERSONAL)».

Hay cartas antiguas de la abuela Pam, su madre, y cartas más recientes de Aimee, su mejor amiga, que está en Australia, y de otras personas que no conozco. Una foto de papá y mamá en la que se los ve muy jóvenes, y otra de papá conmigo a hombros en el zoo de Londres, donde parecemos muy felices. Hay una lata antigua de galletas con cosas de cuando yo era pequeña: la pulsera del hospital, unos patucos, un gorrito diminuto. El gorro es suave y huele levemente a jabón.

 Lo guardo todo con cuidado en la lata, y cuando voy a meterla de nuevo en la caja veo una tira de fotos de carnet, algo arrugada, en el fondo. Son de dos adolescentes, un chico y una chica, no mucho mayores que yo, calculo. La chica es mamá, pero a él no lo conozco. Detrás leo: «Con James.» Me quedo pasmada. «James», digo en voz alta.

 Es el nombre de mi padre. Mi padre biológico. El que sale en las fotos es él.

 Nunca había visto ninguna fotografía suya. Siempre ha sido tan solo un nombre: James Sullivan. Mamá me dijo cómo se llamaba cuando yo era pequeña. Y que James estaba al corriente de mi existencia, pero que habían acordado desde el principio que no se implicaría. Me aseguró que si quería saber algo más, podía preguntar, y que si quería conocerlo, hablaríamos de ello. Pero ya entonces me di cuenta de que en realidad a mamá no le hacía gracia. Y de todas formas a mí nunca me interesó mucho. Molly me había preguntado una vez: «¿No tienes curiosidad? A lo mejor es un multimillonario, o algo así.»

 Pero yo ya tenía un padre que cuidaba de mí y me consolaba cuando estaba triste y siempre estaba cuando lo necesitaba. ¿Por qué iba a interesarme un desconocido?

 En cambio, ahora sí que me intriga. Me fijo bien en las fotos, intentando dilucidar qué clase de persona será. Parece un tipo divertido, me digo. Un poco rebelde. Y resulta bastante interesante, con ese peinado punky gótico. En dos de las fotos sonríe, y se nota que es una sonrisa sincera porque le llega a los ojos. En otra, mamá y él ponen una cara muy seria, mirando en direcciones distintas, como con la mirada perdida, sumidos en pensamientos profundos. En la última están partiéndose de risa, tanto que casi no se les ve bien. James está inclinado y le cae todo el pelo en la cara, y mamá tiene la cabeza echada hacia atrás.

¿Nos parecemos en algo? Me concentro bien en sus ojos y luego en su nariz y su boca, pero sigo viendo solamente a un desconocido.

Me ha entrado frío y sueño, de manera que vuelvo a guardarlo todo. Bueno, todo menos las fotografías de carnet. Me las llevo a mi cuarto y las meto en el cajón de mi mesilla. Y cuando apago la luz y cierro los ojos, ya no veo a papá y a la Rata abrazaditos en la habitación de al lado.

Cuando cierro los ojos veo a James.

Julio

—¿Me oyes?

—¿Qué?

Ni siquiera me había dado cuenta de que papá estaba aquí. Estoy viendo una noticia en la televisión sobre un hombre al que le cayó un rayo cuando paseaba a su perro por el parque. La verdad es que antes solía prestar atención a estas cosas, pero ahora... Me imagino a ese hombre, que aparece ahora en una fotografía borrosa, poniéndose la gabardina, cogiendo la correa de la percha del recibidor, rezongando porque al principio los niños habían prometido encargarse del perro, y ahora resulta que es a él a quien le toca pasearlo todas las tardes, llueva o haga sol, cuando él ni siquiera había querido tener un dichoso perro.

«Hoy queremos rendir un homenaje al señor Davies —estaba diciendo su esposa en la pantalla—. Era un marido y un padre maravilloso.»

El mundo puede dar un vuelco en cualquier momento...

—¡Pearl! Apaga eso, ¿quieres? Es importante.

Obedezco y me vuelvo hacia él. Lleva a la Rata en brazos, y la niña tiene sus ojos oscuros clavados en él.

—Mira, Pearl —comienza, sentándose en el sofá—. El problema es... bueno, el problema es el dinero.

—¿Por qué? ¿Qué pasa? —Sigo pensando en el tipo al que le cayó el rayo.

—Pues básicamente que no tenemos. No sé cuándo nos llegará lo del seguro de mamá, si es que nos paga algo la compañía. —Se frota la cabeza como si le doliera.

Yo ya le he oído hablar por teléfono muchas veces de formularios y coberturas y cláusulas. Me enfurece pensar que un aburrido agente de seguros esté hablando de mamá.

—¿Y qué importa? No hay dinero en el mundo que pueda devolvernos a mamá.

—Eso ya lo sé, Pearl. —Papá intenta mantener un tono tranquilo—. Pero, como ya sabes, necesitamos dinero para vivir. En fin. En la oficina se han portado muy bien conmigo y me han dejado tomarme una baja sin sueldo desde que trajimos a Rose a casa, y eso que no tenían ninguna obligación. Pero he de empezar a cobrar otra vez, tengo que volver al trabajo. Si no, corremos el peligro de perder la casa.

—Ya.

—Y no podemos permitirnos el lujo de tener niñera.

—Entonces ¿quién va a cuidarla? —pregunto, señalando con la cabeza a la Rata.

—Bueno, pues ése es el asunto...

Mi padre se agita incómodo y de pronto barrunto lo que va a decirme. Pero no será verdad, ¿no? No puede pedírmelo.

Por fin respira hondo.

—Hasta que consiga dar con una solución más definitiva, necesitaré tu ayuda, Pearl. Necesito que te encargues de tu hermana.

—¿Yo?

—No te lo pediría si no estuviera desesperado, Pearl.

—¡Pero yo no puedo!

—Ya sé que impresiona un poco, pero se te dará bien. Ya has hecho de canguro antes, ¿no? Y esto será hasta más fácil y todo, porque conoces a Rose y ella te conoce a ti, y estarás en tu propia casa. —Ni siquiera él parece muy convencido.

Es cierto, he hecho de canguro algunas veces, pero sólo y exclusivamente como un favor a Molly cuando se suponía que ella tenía que cuidar de sus hermanos, y sólo si me prometía que los niños estarían acostados antes de que yo llegara. Así que lo único que tenía que hacer era ponerme a ver la tele, muy bajita, y rezar para que no se despertaran, pues entonces no tendría ni la más remota idea de qué hacer.

—Podrás llamarme por teléfono en cualquier momento. Ya lo he comentado en la oficina y han sido muy comprensivos.

Por Dios, lo tiene todo pensado. ¿Cuánto tiempo lleva planeándolo?

—¿Y con eso ya te crees que está todo solucionado? ¿Y si yo he hecho otros planes?

—¿Como qué?

Es verdad. No es que tenga una apretada agenda social, precisamente.

—No será por mucho tiempo —me asegura—. Podrías llamar a Molly, a ver si puede echarte una mano. Te hará compañía y se le dan bien los niños, ¿no?

—¿Quieres decir que a mí no?

—No, no, claro que no he dicho eso —me responde, inseguro—. Sólo me refería a que... bueno, que Molly tiene hermanos pequeños, ¿no? Está acostumbrada a cuidar de ellos.

—Ya. Pues resulta que está en España con su novio pijo y con la familia de su novio pijo —le suelto. «¡¡¡Poniéndome morenísima y hartándome de tapas!!!», me contaba en la postal que me llegó ayer. «Pero ¡te echo mucho de menos!», añadía—. Así que no puede venir.

—Ah. Bueno, da igual. Dulcie, la vecina, dice que estará atenta a cualquier cosa, y que puedes ir a su casa si tienes algún problema.

Aquí ya suelto la carcajada.

—¿Dulcie, la vecina? ¿Hablas en serio? Pero si es una momia. ¡Si debe de tener como cien años o más! Me imagino que estará más sorda que una tapia. Y senil también, seguro.

—Eso está totalmente fuera de lugar, Pearl. De verdad, ¿eh? Estás siendo muy poco razonable.

—¿Yo, poco razonable?

—¡Sí! —me grita. La Rata arruga toda la cara y se echa a llorar—. Sí, Pearl. Estás siendo muy poco razonable y muy egoísta, y no entiendo por qué. Yo estoy volviéndome loco de preocupación, hago lo imposible por sacarlo todo adelante, y creía que podía confiar en que me echaras una mano. —Está tan enfadado que tiembla—. Es como si ya no te conociera, Pearl. Me has decepcionado mucho. Y a mamá le pasaría lo mismo.

Me he quedado tan petrificada que no puedo ni hablar. Papá nunca me grita. De verdad, no consigo recordar ni una sola vez. Excepto un día, cuando tenía cinco años, y fue porque salí corriendo a la carretera tras una pelota y casi me atropella un coche. Todavía oigo el chirrido de los frenos. Entonces sí que me gritó, sí.

Ahora se levanta de forma brusca y se vuelve hacia el horripilante papel de las paredes del salón, un zigzag a rayas naranja y marrones, y no puedo evitar pensar que esa visión no va a animarlo mucho, precisamente. Mece a la Rata intentando calmarla, pero la niña, como si se hubiera dado cuenta de su enfado, berrea todavía con más ganas.

Yo no sé ni qué hacer.

—Vale —consigo decir por fin—. Tampoco te rayes.

Papá se vuelve hacia mí, con la cara surcada de lágrimas. Se me hace un nudo en la garganta.

—Lo siento —me dice, sobreponiéndose a los chillidos de la Rata—. No debería haber dicho eso. No debería haberte gritado.

Pero tiene razón. Si mamá llega a oír esta conversación, jamás me habría perdonado. Y de pronto me surge de nuevo la duda de siempre: ¿Y si pudiera oírnos? ¿Y si está escuchando sin que yo lo sepa? Es algo que me planteo mucho últimamente, porque tengo la sensación de que podría estar espiándome, de que podría saber más de lo que aparenta. No la he visto desde que la Rata llegó a casa. ¿Y si es porque sabe lo que siento? ¿Y si está enfadada conmigo y no vuelve?

—Mira —dice mi padre, intentando hablar bajo mientras mece a la Rata hasta que por fin deja de llorar y se pone a chuparse el dedo—. Ya sé que es pedir mucho. Pero ahora ya has terminado los exámenes y sería de muchísima ayuda que te encargaras de tu hermana. Sólo un par de semanas, hasta que... —Pero se interrumpe.

—¿Hasta que qué? —Tengo la sospecha de que me está ocultando algo.

—Bueno. —Parece muy incómodo—. Hasta que se me ocurra alguna otra solución.

—¿Como qué?

—No te preocupes ahora por eso. Lo que necesito saber es si estás dispuesta o no.

Me imagino a mamá en el pasillo con un vaso pegado a la pared y la oreja pegada al vaso. Sería muy capaz.

—Me parece que no me queda otra, ¿no? —replico, de malhumor.

Es tal su expresión de alivio que parece que vaya a echarse a llorar otra vez.

—Gracias, cariño.

A la Rata le pesan los párpados.

—Pero no pienso cambiarle los pañales —me apresuro a aclarar—. Eso ni hablar.

—Bueno, aquí están todos los teléfonos —me instruye papá por enésima vez—. Si tienes que llamarme al trabajo y te dicen que estoy en una reunión, les explicas que eres tú y que se trata de algo urgente. —Va de un lado a otro de la cocina, blandiendo listas y horarios con aspavientos algo desquiciados, mientras yo, sentada a la mesa, finjo leer una revista—. Éste es el teléfono de la consulta del médico. Llama si te parece que la niña tiene fiebre o si pasa cualquier otra cosa. Y, evidentemente, si hay alguna urgencia...

—Llamo al teléfono de urgencias —digo yo por él, sin alzar la vista—. Sí, ya lo sé, papá. No soy tan idiota.

—Perfecto. —Está demasiado concentrado imaginándose situaciones apocalípticas como para advertir mi sarcasmo—. En fin, como ya te he dicho, el horario de Rose está aquí anotado —prosigue, sacando un papel del fajo y poniéndomelo encima de la mesa—, para que sepas más o menos cuándo tiene que comer y dormir. Pero eso ya lo hemos repasado, ¿no?

—Sí, hace dos minutos. Y dos minutos antes, también.

—Y cada biberón lleva una etiqueta con la hora a la que hay que dárselo, y la leche en polvo ya está medida y todo. Y...

Por Dios.

—Papá, anda, vete ya, ¿quieres?

—Vale, vale —accede, poniéndose la chaqueta—. Pero acuérdate de mirar si la leche está demasiado caliente antes de darle el biberón, no se vaya a quemar la boca. Y no dejes que coja nada pequeño, no se vaya a atragantar y asfixiar. Todo eso también te lo he anotado en este otro papel, por si acaso.

El papel lleva el título de «Peligros diversos».

—Papá, me estás poniendo de los nervios.

Tantas advertencias no hacen sino intranquilizarme aún más, aunque no pienso permitir que me lo note.

—Es verdad. Perdona. —Pero no se va—. Acuérdate de lo que te he dicho también, que cuando la niña duerma tiene que estar siempre bocarriba. Y que no pase demasiado calor. Eso es muy importante.

—¡Papá! De verdad. Oye, que hay muchas chicas de dieciséis años que tienen hijos propios —le digo, intentando convencerme y tranquilizarme a mí misma—. ¿Por qué estás tan seguro de que no sabré? Vaya, que tampoco puede ser tan difícil.

La Rata está sentada en su mecedora, babeando. Papá y yo la miramos mientras él sigue imaginándose toda clase de posibles calamidades y seguramente algunas imposibles también.

—Si ni siquiera sabe hacer nada todavía —añado.
Pero cuanto digo no hace sino preocuparlo aún más.
—Igual no es tan buena idea —murmura con aire ausente, venga a darle vueltas a su alianza en el dedo.
—Tienes razón, la idea no puede ser peor —convengo mientras paso las páginas de la revista sin mirarlas siquiera—. Yo podría estar todavía en la cama, ahorrándome esta interminable murga sobre horarios y biberones. Pero es mejor que el desahucio.
Mi padre suspira.
—Sabes que no te lo pediría si tuviera otra solución.
—Sí, no paras de decírmelo.
—Y al final hasta podría gustarte. Podría ser una ocasión de... en fin, de que os hagáis amigas.
Sí, nunca se sabe. También podrían volar los cerdos. Cualquier cosa es posible.
—Vamos, que no será por mucho tiempo. Sólo esta semana y tal vez la que viene. Es posible incluso que pueda trabajar desde casa un par de días.
—¿Y definitivamente tienes algo previsto para después? ¿Una guardería o algo?
—Ya hablaremos de eso. Ahora tengo que irme si no quiero perder el tren. —Me besa en la cabeza, pero yo finjo no darme cuenta—. ¿Seguro que podrás?
—No me queda otra, ¿no?
Entonces se agacha para despedirse de la Rata. Se nota que no quiere alejarse de ella.
—El tren —le recuerdo.
Por fin mi padre sale disparado, gritándome por encima del hombro:
—¡Si hay cualquier problema, me llamas de inmediato! ¡Y acuérdate: no le pongas la sillita cerca de nada que pueda tirarse encima!
A continuación, un portazo.
Miro a la Rata, la Rata me mira, y se me hace un nudo frío y pesado en el estómago. La sala parece encogerse en

torno a ella, no sé cómo, porque ahora parece más grande de lo que era cuando estaba mi padre.

¿Podrán oler el miedo los bebés, como lo huelen los perros? La Rata sigue mirándome con grandes ojos solemnes.

—No hace falta que me mires así. A mí tampoco me apetece tener que quedarme contigo.

Saber que estamos las dos solas en la casa me produce una extraña claustrofobia. Se me pasa por la cabeza la idea de que a lo mejor mamá vendrá a ayudarme, y lo más raro es que en realidad no quiero, porque en cuanto me viera con la Rata, se daría cuenta de todo. Estoy segura. Sabría lo que siento por ella, por mucho que yo intentara disimularlo. Ya tengo bastantes cosas de que preocuparme para encima tener que pasar un mal rato.

Pongo la radio y me sienta bien. Así no me encuentro tan sola, y además a la Rata parece gustarle la música. Al cabo de un rato me doy cuenta de que, si hay voces en la habitación, a la Rata no le importará que la deje aquí un rato. Trasteo con el dial y la dejo escuchando una charla sobre sexo y relaciones después de la menopausia mientras voy a ducharme.

Cuando vuelvo echo un vistazo al horario que mi padre ha dejado detallado minuto a minuto, y veo que hay que dar de comer a la Rata. Constato que puedo darle un biberón sin sacarla siquiera de la silla. Sin tener que mirarla siquiera.

Suena el teléfono en el recibidor y, al ver en la pantalla el número de la oficina de mi padre, contesto enseguida porque, si no, es capaz de llamar a la policía. Vamos, a la policía, a los bomberos y a la brigada antibombas.

—Sólo llevas fuera una hora —le digo. Aunque, para ser sincera, se ha hecho muy larga—. ¿Te ha dado tiempo siquiera a llegar a la oficina?

La Rata se pasa un buen rato oyendo la radio mientras yo finjo que ni siquiera existe. Luego parece un poco inquieta, pero le doy la vuelta a la silla para que pueda ver por la ventana y pongo un poco de música, y se calma.

Papá vuelve a telefonear desde el móvil al cabo de un par de horas. La Rata está ahora en su alfombra de juegos.

—Sí, papá —suspiro—. Todo va bien. Aparte de lo del terremoto. Y la estampida de elefantes. Por lo demás, sin novedad.

—¿Cómo?

—Era una broma. Todo va bien.

—Pearl, de verdad, ¿eh? No es momento para bromas.

—Aunque lo cierto es que parece aliviado, como si de verdad se hubiera imaginado una estampida de elefantes por Londres un lunes por la mañana—. ¿Le has dado el biberón?

—Sí.

—¿Ha dormido ya su siesta?

—Oye, papá, se te oye fatal —miento—. Esto se corta.

La Rata me mira con ojos desorbitados. No parece tener la más mínima intención de dormirse, pero está tranquila y contenta. Bueno, contenta no es la palabra. Tiene una expresión solemne y alerta, como siempre, como si fuera una persona muy vieja atrapada en el cuerpo de un bebé. Pero no llora y espero que siga así, de manera que no voy a arriesgarme a meterla en la cuna. Papá me ha dejado una página entera de indicaciones para ponerla a dormir, con los títulos: «Mecerla», «Caja de música», «Luz» y «Mano en la espalda». Total, ¿tanta cosa para qué? Yo la dejo tal cual está y en paz.

Al cabo de un rato se inquieta de nuevo. Es evidente que va a darle un buen berrinche, así que vuelvo a llevarla en su silla al salón y busco unos dibujos animados en la tele. Funciona de maravilla: la Rata se queda totalmente hipnotizada. Yo sonrío pensando en papá con todos sus libros de consejos y sus rituales y sus instrucciones. ¿Por qué se pone la gente tan histérica con el cuidado de los bebés? ¡Si es facilísimo!

Estoy preparándome un café en la cocina y entonces la oigo llorar. Empieza con unos resoplidos, luego una especie de balido, y para cuando llego al salón, está pegando unos berridos espantosos.

Al principio se me ocurre dejarla allí sin más, pensando que tal vez se cansará o se quedará dormida. Así que vuelvo a la cocina. Pero sigo oyéndola, a pesar de que he puesto la radio a todo volumen. Vuelvo al salón. Está roja como un tomate y furiosa, sus gritos me perforan los tímpanos. ¿Qué puedo hacer para que se calle? Saco otro biberón, a ver si se lo toma, aunque, según las instrucciones de papá, no tiene que comer hasta dentro de otro par de horas. La Rata engulle la mitad, pero luego no hay manera de que tome más, y en el momento en que deja de comer, se pone a berrear de nuevo. Me entra el pánico. ¿Y si se pasa así el resto del día? Me volveré loca.

Diez minutos después, efectivamente, estoy volviéndome loca. Es una tortura. Sé que debería cogerla en brazos para ver si así se calma, pero es que no quiero ni tocarla. Sin embargo, al cabo de un rato estoy tan desesperada que ya todo me da igual. De manera que la saco con torpeza y la sostengo contra mi hombro, intentando acordarme de lo que hace papá, de cómo la mece y la acalla con susurros. Pero su cuerpecito está tenso de furia, y los berridos son cada vez más fuertes. De pronto se me ocurre que igual sabe lo que siento por ella. Tal vez el sentimiento sea mutuo.

Eso es. Por eso está así. Porque me odia.

Y en ese momento, la Rata vomita. Toda la leche que se acaba de tomar, caliente y agria, me chorrea por el pelo y la espalda y por dentro de la camiseta. Y sigue berreando. Y yo sé que lo hace sólo para fastidiarme. La aparto de mí estirando los brazos, dejando que le cuelguen las piernecitas.

—¡Calla! —le grito—. ¡Que te calles!

Pero en ese instante pienso en mamá, en lo que me diría si me viera, y me echo a llorar. Y ahí me quedo, en medio de la habitación, con la Rata colgando delante de mí y la cara llena de lágrimas y mocos.

Tengo que alejarme de ella, porque de lo contrario no quiero ni pensar lo que puede pasar. Tengo que salir de aquí. La dejo en la alfombrilla, todavía berreando, con el pijama lleno de vómito y la cara congestionada, y salgo disparada de casa, pegando un fuerte portazo. Y corro como una loca por el jardín, por la carretera, lo más lejos posible. Tengo que alejarme como sea.

Justo cuando paso por delante de la parada del autobús, llega uno y abre la puerta, y sin pensar lo que hago, me subo de un brinco. No llevo ni el monedero ni el bonobús, pero tengo unas monedas y un par de billetes en el bolsillo de los vaqueros, de manera que pago y voy a sentarme al fondo, lo más lejos posible de los demás pasajeros, en parte porque el pelo y la ropa me huelen a vómito de bebé y en parte porque no quiero que nadie se fije en mí. Porque como se fijen un poco, podrían imaginarse lo que he hecho. Todavía oigo los berridos de la Rata, y tengo la sensación de que como alguien se acerque, los oirá también. Cierro los ojos mientras el autobús se pone en marcha e intento dejar la mente en blanco.

Cuando vuelvo a abrirlos me doy cuenta de que estoy más lejos de lo que pensaba. Ya hemos llegado a la zona comercial, a un par de paradas de casa. Todo parece muy lejano, como si estuviera viéndolo por un telescopio al revés. Una chica no mucho mayor que yo sube al autobús con un carrito de niño. Al oír el llanto del bebé, se me tensa el cuerpo. Es un recién nacido, de pocos días. La chica se inclina para cogerlo en brazos y se pone a acunarlo. Lleva el pelo muy tirante hacia atrás, y tiene una cara dura y afilada, pero cuando mira al bebé su expresión se suaviza.

De pronto me quedo sin respiración.

¿Qué he hecho?

Me imagino a la Rata sola en casa, tirada en el suelo, pataleando y berreando sin que nadie la oiga. Toco el timbre del autobús y me abro paso como puedo hasta la puerta, y entonces me acuerdo de aquella ocasión en que quedé con Molly y me pareció ver a mamá por la ventanilla del autobús. Esa vez me equivoqué, pero ¿y si ahora sí estuviera aquí? ¿Y si al bajarme me la encontrara esperándome, sabiendo lo que he hecho?

—¡Eh, cuidado! —exclama la chica del bebé.

En la calle el aire es caliente y pesado y está cargado del humo del tráfico, pero yo estoy helada de miedo.

No hay rastro de mamá. Me invade un pánico casi paralizante. Tengo que volver a casa como sea. Echo a correr hacia la parada del autobús en sentido contrario, pero por supuesto ahora no pasa ninguno.

—Menos mal que ya ha salido el sol —comenta un anciano que también está esperando. Lleva bastón y un sombrero canotier—. Creía que no iba a dejar de llover. Pensaba que tendría que construir un arca. —Y se ríe como un chiflado de su propio chiste.

Pero yo sólo puedo pensar en la Rata. ¿Cuánto tiempo lleva sola? Miro el reloj. No sé cuándo me he marchado, pero debe de haber pasado casi una hora. ¿Y si Dulcie, la vecina, se la encuentra allí sola y llama a la policía? ¿Me meterán en la cárcel? Levanto la cabeza para escudriñar la calle en busca de un autobús en el horizonte. Nada. ¿Y si papá decide salir antes del trabajo? Doy media vuelta y echo a correr.

Al cabo de un rato la punzada que siento en el costado me duele tanto que tengo que parar un poco y andar, pero por la cabeza sólo me pasan escenas de lo que voy a encontrarme cuando llegue. ¿Y si la Rata ha vuelto a vomitar y se ha asfixiado? Igual lloraba tanto porque le pasaba algo malo. Recuerdo las advertencias de mi padre sobre la fiebre y los síntomas de la meningitis... ¿Y si ya no respira? ¿Y si ha habido un incendio? ¿Y si cuando llego, la niña no está en casa? Todo el mundo piensa que estas cosas no pueden pasar, o que sólo les ocurren a los demás. Pero yo sé que no es así. Obligo a mis pesadas piernas a correr de nuevo.

El calor y el olor del vómito en mi pelo y el humo del tráfico se me pegan a los pulmones y me provocan náuseas. Pero sobre todo me pone enferma pensar que la Rata está sola. Sigo corriendo hasta que por fin diviso mi casa.

No se ven luces azules de policía ni nada, lo cual tiene que ser una buena señal. Pero... ¿qué me encontraré cuando entre?

Casi llorando de miedo y agotamiento, me meto por el hueco que hay en el descuidado seto de nuestro jardín... Y me detengo en seco con un nudo de terror en la garganta.

Hay alguien ahí, mirando por la ventana del salón. Y aunque sólo le veo la espalda, lo reconozco de inmediato: es Finn, el nieto de Dulcie. Mierda. Si ya antes pensaba que estoy loca, ahora... ¿Qué hago?

Está aporreando la puerta. Me agacho detrás del seto para que no me vea y me pongo a mirar entre las hojas. Al cabo de un momento, él llama varias veces al timbre. Es obvio que lleva un rato ahí. Por fin mira a su alrededor y otra vez a través de la ventana. Va a ver a la Rata, sin duda. Me mareo pensando qué hacer. Pero ya no dispongo de tiempo, porque Finn da media vuelta con cara de preocupación y echa a andar por el camino. En cuanto salga de nuestro jardín me verá en la calle. No tengo dónde esconderme, así que me va a tocar inventarme un cuento. ¿Qué haría mamá?

Por fin decido entrar tranquilamente por la verja, y casi tropiezo con él, que me mira sorprendidísimo.

—¿Qué haces aquí? —me pregunta.

—¿A ti qué te parece? Vivo aquí. ¿Y tú? ¿Qué haces aquí?

—Pero la niña... está ahí dentro.

—¿Está bien? —pregunto, sin poder evitarlo.

—Está ahí dormida —me contesta, con el ceño fruncido. Y yo siento tal alivio que me entran ganas de abrazarlo—. La he visto por la ventana.

—¿Tienes la costumbre de andar espiando a la gente por las ventanas?

—Me ha mandado mi abuela, tu vecina de la casa de al lado. Estoy pasando unos días con ella. Me llamo Finn. —Entonces vacila un momento—. Aunque ya nos conocemos.

—Ya sé quién eres —mascullo, clavando la vista en el suelo.

—Mi abuela decía que tenías que estar en casa, cuidando de la niña.

—He tenido que salir un momento.
—Como no abrías, creía que te había pasado algo.
—¿Algo como qué? ¿Una abducción extraterrestre?
—No sé. Podrías haber sufrido un accidente o algo así.
—Bueno, pues no te preocupes, que como ves estoy perfectamente. —Y abro los brazos para que me vea bien—. No han venido los marcianos, ni me he abierto las venas ni nada.
—Pero has dejado a la niña sola —replica él, mirándome con atención.
—Bueno, sólo ha sido un momento —me apresuro a explicar—. He tenido que ir corriendo a la esquina a por pañales, se nos habían acabado. La niña estaba tan dormida que no he querido molestarla y la he dejado ahí tranquila. Además —ahora respiro hondo, confiando en que no note que estoy temblando—, ¿qué podría haberle pasado?
Pero él todavía frunce más el ceño. Está convencido de que miento y quiere adivinar la razón.
—En fin. ¿A qué habías venido?
Pero él no me escucha.
—¿Dónde están? —pregunta por fin.
—¿El qué?
—Los pañales.
—¿Qué pañales? —Y nada más decirlo, me doy cuenta de la metedura de pata.
—Los que habías ido a comprar. —Me mira a los ojos, desafiándome.
—No tenían los que quería. —Y hasta consigo sonreír. A lo mejor sí que he heredado parte del talento de mamá para las trolas.
—Ya.
—Bueno, la verdad es que no puedo quedarme aquí charlando todo el día. —Y me encamino hacia la puerta, metiéndome la mano en el bolsillo para buscar las llaves—. La niña puede despertarse en cualquier momento. Dile a tu abuela que estoy bien, que muchas gracias.

—¿De verdad estás bien?

—Pues claro —le espeto de malas maneras.

—Dice mi abuela que puedes venir a casa con la niña si quieres. Si te agobias o lo que sea.

—Pues no, no me agobio.

—También dice que le encantaría ver a la niña. —Finn se sonroja, incapaz de mirarme a los ojos, y me doy cuenta de que está inventándoselo, que todo es una excusa para invitarme a su casa. Pero... ¿por qué? ¿Porque cree que estoy loca y soy un peligro para la Rata? ¿Porque no quiere que su abuela se lleve una desilusión? ¿O porque de verdad le apetece que vaya?

—Vale. —Estoy desesperada por librarme de él y ver si la Rata está bien—. Dile que a lo mejor se la llevo luego.

Finn se encamina hacia su casa, pero vacila y se vuelve hacia mí.

—Oye... cada vez que hablo contigo me da la sensación de estar metiendo la pata. Lo siento. De verdad que sólo quiero ayudar. ¡Y no es que piense que necesites ayuda ni nada de eso! —añade muy deprisa.

Ahora sí que me mira a los ojos, a través de su oscuro pelo rizado, y no puedo evitar fijarme en lo azules que son. Y de pronto soy consciente de la pinta que tengo: sudorosa y acalorada de tanto correr, con unos vaqueros viejos y una camiseta enorme, y encima apestando a leche agria.

—Tengo que ver cómo está la niña —me despido, dando media vuelta. Y entonces se me ocurre otra cosa—. Oye, no le dirás nada a tu abuela, ¿verdad?

Porque si se entera seguro que le cuenta a mi padre que he dejado sola a la Rata.

Finn se encoge de hombros.

—¿Qué le voy a decir?

Y dobla la esquina y desaparece.

La Rata duerme como un tronco en su alfombra de juegos, como me había dicho Finn. Me acerco de puntillas y le pongo la mano suavemente en el pecho, sólo para asegurarme de que respira. Me quedo así un momento, sintiendo el sereno movimiento de su cuerpo. Ahora que está dormida, ahí en el suelo, se la ve muy pequeña, muy vulnerable.

—Ya estoy aquí —susurro. Pero ella ni se mueve. A ella le da igual si estoy o no.

Una vez desaparecido el pánico, me invade el agotamiento. Me tumbo en el suelo junto a ella y cierro los ojos. Nunca me he sentido más sola. Le he dicho a Finn que iría a su casa a ver a Dulcie sólo para librarme de él. Pero ahora me doy cuenta de que esto no puedo soportarlo. No puedo soportar estar sola en casa con la Rata. Así que la meto en el moisés con cuidado para no despertarla, y salgo con ella sin hacer ruido, confiando en que el aire fresco y el ruido del tráfico no la perturben.

—Hola —saludo, intentando parecer tranquila y segura, cuando la anciana me abre la puerta. Todavía estoy bastante alterada, pero espero que no lo note.

Por el camino iba pensando que cualquier cosa sería mejor que quedarme en casa a solas con la Rata berreando de nuevo. Pero ahora que estoy aquí, me da vergüenza y me aterra la perspectiva de que Dulcie adivine lo inútil que soy para cuidar de una niña.

—Finn me ha dicho que podía venir... Pero si no es buen momento...

Sin embargo, a media frase me quedo sin voz y rompo a llorar. Doy media vuelta horrorizada, me tapo la cara con las manos y dejo que el pelo me caiga por delante para que no me vea, pero el pelo me huele a vómito, lo cual todavía empeora las cosas. No puedo parar de llorar. Lo he hecho todo mal. Fatal. Ahora Dulcie se dará cuenta de que soy incapaz de cuidar de la Rata, y seguramente le contará a mi padre que me ha dado un ataque de nervios o algo. Y papá me odiará y no volverá a confiar en mí y tendrá que dejar el trabajo y nos quedaremos sin casa y todo será por mi culpa y mamá tampoco me perdonará en la vida...

Entonces noto la mano de Dulcie en el hombro.

—Chist —susurra, como si el bebé fuera yo. La Rata yace en absoluto silencio en su moisés. Claro—. Chist. No pasa nada.

—Sí que pasa —intento decir.

Sí que pasa. Pero el contacto de su mano me tranquiliza, y el susurro de su voz es como un bálsamo.

—A veces necesitamos llorar —me dice en tono suave—. Incluso a mi edad. Pero una cosa que he aprendido en mis largos años de experiencia es que la puerta de la casa no es el mejor sitio para eso. ¿Por qué no entras y lloras mejor en la cocina? Tengo pañuelos y té, y he comprobado que suelen venir muy bien en estas situaciones. Y a lo mejor hay hasta un poco de bizcocho, si no se lo ha comido todo Finn.

La sigo adentro agradecida, con la Rata.

Ya en la cocina, Dulcie me prepara un té moviéndose muy despacio. Se nota que tiene dolores.

—¿Quiere que lo haga yo? —me ofrezco.

—No. Tú quédate ahí sentada.

La Rata continúa dormida como un tronco en el moisés. Si en este momento una banda musical se pusiera a tocarle al oído, ni se enteraría.

—No dejaba de llorar.

—Ya. No hace falta que me lo digas, que he tenido hijos. Son capaces de volverte loca. Yo también me echaba a llorar muchas veces.

—¿De verdad?

—Uy, sí. No lo dudes. Y eso que eran mis hijos y los quería más que a nada en el mundo. En tu situación... —Mira un momento a la Rata—. Bueno, debe de resultarte muy difícil.

Me mira con esos ojos tan azules, y de pronto sé que entiende que no quiero a la Rata más que a nada en el mundo. Y es como si me quitaran un enorme peso de encima.

—No debes preocuparte —me tranquiliza—. No es culpa tuya.

Me gustaría darle las gracias, decirle lo agradecida que estoy, pero no puedo ni hablar, así que me limito a asentir con la cabeza.

Dulcie se acerca despacio y me pasa el té y un trozo grande de bizcocho. ¿Dónde estará Finn? A lo mejor ha salido. El caso es que no sé muy bien si quiero que esté o no.

Con el té y el bizcocho me voy calmando y me fijo en el entorno. La casa de Dulcie no es como me la imaginaba. Es idéntica a la nuestra, sólo que como en un espejo, todo al revés. Y mientras que la nuestra está muy vacía, con las paredes todavía sin cuadros, ni nada en las repisas, la de Dulcie se ve abarrotada a reventar. Hay fotos de lugares exóticos, Manhattan y el Taj Mahal, junglas y desiertos, pósteres de películas antiguas y obras de teatro, cuadros y tapices y libros. Yo me había imaginado la típica casa de una vieja, llena de centros de flores secas y adornos de gatitos y pastoras. Pero lo que llena su casa es la vida que ha tenido.

Sobre la chimenea hay una fotografía en blanco y negro de una mujer muy guapa y elegante y un hombre que parece un actor de cine de los años cincuenta.

—¿Es usted? —pregunto, incrédula.

Ella se echa a reír ante mi sorpresa. Es una risa que no me esperaba, franca y traviesa. De pronto parece mucho más joven.

—Bueno, es que no nací con ochenta y siete años, ¿sabes?

Me fijo en la joven de la fotografía, en la curva del cuello y los pómulos, en los labios pintados y sonrientes, en sus ojos grandes y claros clavados en el hombre que tiene al lado.

—Era muy guapa.

—Bueno, tampoco era para tanto. Pero a él sí se lo parecía.

—¿Es su marido?

—Sí.

Me sonríe, pero tiene la mirada como perdida. Se levanta muy despacio de la silla y se acerca a la chimenea para traerme la foto.

—Era guapísimo.

—Siempre he pensado que Finn es igualito que él —comenta, divertida. Y yo lamento, por billonésima vez en mi vida, sonrojarme con tanta facilidad.

Le devuelvo a toda prisa la foto, y la anciana se queda mirándola un momento, medio sonriendo, hasta que me da la sensación de que se ha olvidado por completo de mí.

—Murió no mucho después de que nos hicieran esa foto —dice al fin—. Un año después. O igual dos.

—¡Oh! —exclamo horrorizada. Se lo ve tan vivo en la fotografía...—. Lo siento.

—Un cáncer. Fumaba como un carretero. Bueno, en aquel entonces todos fumábamos. No sabíamos que era malo.

Me pregunto si está llorando por eso.

—¿Se supera con el tiempo? —La pregunta se me escapa antes de poder pensarla siquiera.

Dulcie me mira un momento.

—Cuando se muere alguien a quien quieres, no consigues ver nada más, ¿verdad? Ni oír a nadie más. Es como si lo ocuparan todo.

Yo asiento con la cabeza, casi sin respirar.

—Eso va cambiando. Con los años, esa persona se va acallando. A veces te susurra algo, pero el mundo se vuelve más ruidoso, y puedes verlo y oírlo otra vez. Siempre quedará el hueco que esa persona dejó, pero te acostumbras a ese hueco. Te acostumbras tanto que luego ya casi ni lo ves. —Me coge entonces la mano con la suya, frágil y vieja—. Y luego, algunos días, así de pronto, cuando estás preparando un té o tendiendo la colada o subida al autobús, aparece de nuevo ese dolor, ese vacío que nunca podrá llenarse. —Se le han humedecido los ojos—. Lo siento —me dice—. Supongo que no era lo que querías oír.

Le doy un apretón flojito en la mano, fría y delgada.

—Yo también lo siento.

Esboza una sonrisa triste, y entonces se oye arriba un instrumento musical, un violonchelo, creo.

—Es Finn. Es muy bueno, ¿verdad?

Nos quedamos escuchando un rato. La música es tan triste y hermosa que no me puedo creer que sea Finn quien está tocándola. No quiero que pare.

—Lo han admitido en una de las mejores escuelas de música del país —me comenta Dulcie, muy orgullosa—. En Manchester.

Advierto que parece muy cansada.

—Tengo que irme —le indico, aunque curiosamente estoy un poquito decepcionada de que Finn no haya aparecido.

—Ojalá pudieras venir mañana también, pero me toca ir al hospital.

—No le contará a mi padre que he venido llorando, ¿verdad? —le pregunto mientras llevo el moisés a la puerta—. Ha sido una tontería, la verdad, y sólo serviría para preocuparlo.

—Tu padre no tiene por qué preocuparse —me asegura ella.

Al día siguiente, cuando mi padre se marcha, tengo clara una cosa: debo salir de la casa. Pero esta vez la Rata se viene conmigo.

Hago acopio de todos los cacharros que hay en la lista que papá ha titulado «Para salir». Tardo una eternidad. Cualquiera diría que nos vamos dos meses de expedición. Para cuando lo he reunido todo —pañales, toallitas, biberón, leche, un pijama de repuesto, el gorro para el sol, el cambiador—, la Rata ya está casi ronca de tanto llorar. La suelto en el carrito lo más deprisa que puedo y luego saco el trasto con ciertas dificultades por la puerta.

Lo curioso es que en cuanto estamos fuera, todo se ve distinto. La Rata, que en casa parecía tan grande e imponente, aquí fuera es como si se encogiera al tamaño de un bebé pequeñito. Al principio me da un poco de corte llevar un carrito tan descomunal, porque llama mucho la atención, y además es más difícil de maniobrar de lo que parece. Pero en cuanto me pongo en marcha, se hace más fácil y al cabo de un rato me doy cuenta de que la gente mira el carrito más que a mí. De hecho resulta que cuando llevas un carrito, es como si no existieras. Las personas que se fijan sólo están interesadas en el bebé. Paso por delante de Jodie y Kev, que eran vecinos nuestros en Irwin Street, y de Phoebe Monks, del instituto, y ni siquiera me ven. Me siento invisible. Y eso me gusta. Tanto tiempo buscando un sitio donde esconderme, donde todo el mundo me dejara en paz, y mira por dónde lo he encontrado. La única excepción son unas pocas ancianas que quieren hacerle carantoñas a la Rata.

La Rata se queda dormida casi en cuanto doy el primer paso. Constato que si me pongo a cierta distancia, la capota del carrito me impide verla, su carita tan rara y afilada queda fuera de mi vista. Así que voy fingiendo que el cochecito está vacío, mientras dejo que la brisa me aparte el pelo de la cara y el cuello. A pesar del tráfico de la calle principal, se huele ya un poco el verano. Mientras siga andando, sé que la Rata dormirá. Y el sol me calienta la piel, y estar fuera de casa es estupendo, sencillamente andar resulta estupendo. Me siento viva. Se me había olvidado lo que era. De manera que sigo paseando sin parar hasta el parque. Entro por la puerta de la esquina y me dirijo al jardín de flores. Está en pleno apogeo y el aroma floral impregna el aire.

Me siento en la hierba, preocupada por si la Rata se despierta ahora que hemos parado. Pero no, ni se mueve. Hay unas cuantas personas por aquí, un grupo con niños pequeños y bebés sobre mantas de picnic, pero nadie se fija en mí. Puedo quedarme aquí en paz. Cierro los ojos...

—¡Pearl!

...Y al abrirlos en pleno sobresalto veo al hombre que me saluda. Tengo que entornarlos un poco para verlo bien, y entonces descubro al señor S, mi antiguo profesor de Ciencias del instituto. Se jubiló hace un par de años, pero está exactamente igual: tan alto como siempre y con el pelo un poco largo y desgreñado.

—Anda, qué casualidad encontrarte por aquí. —Se asoma entonces para ver a la Rata—. Y mira el renacuajo este. Seguro que tiene buenos pulmones, ¿eh?

—No es mía —me apresuro a decirle.

—No. No. Ya me contó Sheila lo de tu madre. —Se refiere a su mujer, que es mi profesora de literatura—. Lo sentí muchísimo, Pearl, de verdad. Tu madre era una mujer encantadora.

A mamá le gustaba mucho el señor S, tanto que solía coquetear con él en las reuniones de padres. Yo me moría de vergüenza.

—Así que ahora te toca cuidar de la enana, ¿eh?

—Sólo una semana o dos.

—Bien hecho. Menudo trabajo dan, ¿eh? Yo ahora cuido de mi nieto pequeño un día a la semana, y tardo los otros seis en recuperarme.

—Ayer fue una pesadilla —le cuento de pronto—. Se puso a llorar y no había forma de hacerla callar.

No sé por qué se lo digo. Tal vez porque me alivia compartir ese horror.

—Gajes del oficio. Pero bueno, es evidente que estás haciendo un buen trabajo, porque mira cómo está: durmiendo a pierna suelta más feliz que una perdiz. Tienes que contarme el secreto.

Le sonrío, agradecida.

—Se calma cuando salimos de casa.

—Oye una cosa, ¿por qué no te vienes a tomar un té conmigo?

Sé que lo dice porque le doy pena, pero el caso es que no me importa. Siempre me ha caído bien el señor S, y sé que no intentará que le hable de mis sentimientos ni me hará preguntas difíciles. Estará demasiado concentrado en hacer chistes malos.

—Vale.

Se ocupa de empujar el carrito cuando echamos a andar hacia el quiosco.

—¿Qué tal te fueron los exámenes?

—No lo sé. —«Y no me importa», me dan ganas de añadir.

—Seguro que te irá bien. Eres más lista de lo que pareces.

Eso me da risa.

—¿Se supone que es un cumplido?

—Y, para serte sincero, espero que tengas pensado seguir con la literatura el año que viene, porque si no, Sheila me dará una tabarra espantosa.

—La verdad es que no lo he pensado.

Ni siquiera he decidido si quiero hacer los exámenes superiores. La idea de volver a los estudios no me hace dar botes de alegría, precisamente. Pero también es mejor que quedarse metida en casa con la Rata. Y sé que si no lo hago, se me echará encima todo el mundo, incluida mamá.

Nos sentamos a las mesas de picnic a tomar el té. El señor S me hace reír contándome anécdotas tontas de sus buenos viejos tiempos, cuando sus alumnos provocaban explosiones y se incendiaban el pelo en las clases de Ciencias.

Cuando la Rata despierta, se ofrece a darle el biberón y, mientras tanto, no deja de charlar con ella. Le explica los nombres de las distintas posiciones en el críquet: bateadores, lanzadores...

—Espero que estés prestando atención, jovencita, porque ésta es una parte muy importante de tu educación. —La Rata lo mira fijamente, intrigada—. La próxima vez, la tabla periódica.

»Me ha gustado mucho verte, Pearl —se despide cuando llega la hora de marcharnos—. Estás haciendo un gran trabajo. Buena suerte con las notas.

· · ·

Cuando llego a casa es tarde y papá ha vuelto ya. Me lo encuentro hablando por teléfono.

—Tengo que colgar —dice muy deprisa al verme—. Ya lo hablaremos el fin de semana.

Cuelga y viene a ayudarme a meter el cochecito por la puerta.

—¿Cómo están mis chicas?

—¿Con quién hablabas?

—Ah —exclama, evasivo—. Nada, una cosa relacionada con Rose.

—¿Qué cosa?

—Lo de la canguro. Más o menos. Ya te lo contaré después. Dime, ¿dónde habéis estado? Me he traído trabajo a casa para quedarme con vosotras, y resulta que no estabais. Estaba empezando a preocuparme. —Saca a la Rata del cochecito y la mira sonriendo.

—Estamos bien. No es necesario que vengas a fiscalizarme, ¿sabes?

—¿Así que todo va bien? ¿Estás segura de que puedes apañártelas el resto de la semana?

—Pues claro.

Al subir a mi habitación, me encuentro a mamá en la cama, esperándome.

—¡Me vas a matar de un susto! —exclamo.

—¿Cómo está Rose? —me pregunta ella, muy emocionada—. Ya la tenéis en casa, ¿verdad? Sólo quería ver cómo iba todo.

Me clava su mirada más penetrante, y entonces sé que voy a tener que emplearme a fondo: no puedo permitir que sospeche siquiera lo que está pasando. Si se entera de lo mal que estoy haciéndolo todo, si se entera de que dejé abandonada a la Rata, no volveré a verla nunca más. Tengo que convencerla como sea, pero el problema es que jamás he sido capaz de colarle ni una sola mentira. «No se le puede mentir a un mentiroso, Pearl», solía decirme ella con las cejas enarcadas.

Aunque a lo mejor sí puedo. De hecho, me parece que he dado con la manera. No voy a hablarle de la Rata. Le contaré las cosas como serían si todo hubiera salido bien, si nos hubiéramos traído a casa al bebé que yo imaginaba cuando ella estaba embarazada: una niñita de anuncio, con el pelo rubio y hoyuelos en las mejillas.

—Todo va de maravilla —contesto, invocando la imagen de cómo debería haber sido—. Es una niña muy buena. Casi nunca se despierta por la noche.

—¿De verdad? —Mamá se sorprende—. Por lo que recuerdo, tú te despertabas cada hora como un reloj los dos primeros años. —De hecho, se ocupó muy bien de repetirle eso a mi padre cuando se quedó embarazada de la Rata. Como mi padre se había perdido conmigo el asunto de los biberones nocturnos y los pañales y todo eso, mamá se había propuesto que ahora lo compensara—. Ya veo que es todo un angelito.

—Uy, sí —afirmo, entusiasmada—. Es adorable, todo el mundo lo dice. Siempre está sonriendo. Me he quedado esta semana a cuidarla mientras papá trabajaba, y le encanta estar conmigo. Papá siempre dice que se le ilumina la cara cuando me ve. —Me acuerdo de la Rata berreando mientras yo la sostenía en el aire con los brazos estirados, de su cuerpecito rígido de rabia. Pero ¿era rabia u otra cosa? Aparto ese pensamiento y vuelvo a concentrarme en el bebé imaginario—. Y le encanta que le dé el biberón —añado, por si las moscas—. Y que le cante.

Mmm... Igual estoy pasándome. Mamá se muestra algo escéptica.

—¿Le han examinado los oídos?

—Muy graciosa.

—Bueno, parece una niña perfecta. Casi demasiado perfecta para ser verdad. Me imagino que alguna vez sí que le cambiaréis algún pañal maloliente, ¿no? ¿O es que lo que le sale del trasero viene con un leve aroma a flores de la pradera?

Sí, se ve que me he pasado un poco.

—Ah, los pañales. Sí, claro. Qué asco.

—Pues nada, estoy encantada de que todo vaya como la seda —me dice mamá con cierto retintín. ¿Se habrá dado cuenta de que estoy mintiendo?

—¿Alguna vez vienes por aquí sin que yo lo sepa? —le pregunto de pronto.

—¿Qué?

—Es que a veces me da la sensación de que estás mirando. Como el otro día, que estaba hablando con papá en el salón de... de una cosa, y se me ocurrió que igual estabas oyéndonos.

—¿Cómo? ¿Crees que te espío?

—Bueno, no es eso...

—¿Que camino por ahí de puntillas para esconderme detrás de los ficus? ¿Y en los bares me tapo la cara con un periódico con agujeros para mirar? Y, por supuesto, camuflada con gafas y bigote de Groucho Marx. —Y le da tal ataque de risa que acaba tosiendo y tiene que beber de mi vaso de agua. Al cabo de un rato intenta dominarse—. Pues la verdad es que siempre me hubiera gustado ser investigador privado. Bueno, investigadora. Se me daría de miedo, porque tengo todas las cualidades necesarias. Soy discreta, no llamo la atención, se me da muy bien camuflarme con el entorno, como un camaleón. ¿No te parece?

—¡No quería decir eso! —le espeto.

—De todas formas, ¿qué te preocupa tanto que averigüe? ¿Es que guardas algún secreto?

No sé por qué, me acuerdo de las fotografías de mamá con James escondidas en mi mesilla.

—No, claro que no.

Había pensado que podría preguntarle cosas de James, pero no parece que ahora sea el momento más oportuno. Seguro que lo malinterpreta todo y se pone hecha un basilisco.

—Entonces ¿por qué tengo la sensación de que hay cosas que no me estás contando? —pregunta ahora, enarcando una ceja.

—Porque siempre has sido muy suspicaz —sugiero.

Mamá suspira.

—¿Por qué no eres sincera conmigo, Pearl? Soy tu madre.

—¡Si estoy siendo sincera!

Suspira de nuevo y se saca un paquete de tabaco del bolsillo.

—Vale, si tú lo dices...

—Sí que lo digo.

—¡Vaya, vaya! —exclama de pronto al abrir la ventana—. Ven, mira.

—¿Qué pasa?

—Hay un chico cavando en el jardín de al lado, y está como un tren. Ven a verlo.

Me acerco y acierto a vislumbrar a Finn en el momento en que se mete en casa de Dulcie.

—Vaya, te lo has perdido —me dice mamá—. Qué pena, porque no puede ser más guapo.

—No es para tanto —replico, haciendo un verdadero esfuerzo por no pensar en lo azules que son sus ojos, y en cómo le cae el pelo sobre la cara.

—¿Y tú cómo lo sabes? —me pregunta, con un gran interés.

—Porque ya lo conozco.

Ahora se le ilumina el semblante.

—¡No me digas! ¿Desde cuándo?

—Lo he visto un par de veces.

—¿Y?

—¿Y qué?

—Que si habéis hablado.

Me ruborizo al acordarme del numerito de la primera vez que nos vimos, y luego de la segunda, cuando se enteró de que había dejado sola a la Rata. ¿Qué pensará de mí?

—Sí.

Mamá me ve sonrojarme y evidentemente lo malinterpreta.

—¿Y? —pregunta, muy sonriente.

—¿Y qué?

—Mira que eres difícil a veces, Pearl —suspira.

—Y nada —digo encogiéndome de hombros.

—Pero... ¿cómo es?

—Pues... no lo sé. Me lo encontré en el jardín, nada más. Tampoco nos dijimos gran cosa.

Impaciente, mamá chasquea la lengua.

—¡Ay, Pearl, de verdad!

—¿Qué quieres que haga, que me lo invente? Vale. Sus ojos profundos y oscuros se encontraron con los míos sobre el verdor de un seto. Él me tomó entre sus brazos fuertes y musculosos y yo me fijé en su masculino y marcado mentón y luego...

—¿Has estado leyendo novelas de Mills y Boon?

—Las tiene la abuela de Molly, en Irlanda. Molly se las traía a escondidas en la maleta.

Mamá sonríe.

—La querida Molly. ¿Cómo está?

—Bien. Todavía de vacaciones. Con Ravi.

—Ah. —Y se queda un momento callada—. ¿Te sientes un poco sola? —pregunta por fin.

Yo sonrío.

—¡Qué va! —Y me echo a reír—. ¡En absoluto!

Al final resulta que mentir no es tan difícil.

Un asteroide va a chocar contra la tierra. Lo pone ahí, en el periódico que mi padre se ha dejado en la mesa de la cocina cuando se ha ido con la Rata al parque. «Los científicos de la NASA detectan la amenaza de un asteroide... El fin del mundo... Podría impactar contra la Tierra en el año 2040.» Lo imagino perfectamente: una roca gigantesca, letal, con nuestro nombre escrito en ella, surcando en silencio el espacio hacia nosotros.

Miro el trozo de tostada quemada que me queda en el plato y pienso que no tengo nada de hambre. Subo a vestirme, pero entonces decido que como es sábado y no me toca cuidar de la Rata, mejor me vuelvo a la cama. Además, no tengo otra cosa que hacer. Molly sigue de vacaciones y ya nadie más se molesta en llamarme.

Me quedo quieta un momento, acordándome de que antes solíamos salir todos los sábados, Molly y yo y los demás. Me parece tan lejano que es casi irreal, como si no hubiera ocurrido. Me he acostumbrado a estar sola y resulta que sin móvil es facilísimo evitar a la gente. Y hace meses que no abro el portátil.

Pero justo cuando estoy acostándome, oigo jaleo en la calle y me acerco a la ventana a ver qué pasa. Un taxi negro se ha parado un par de casas más abajo y el taxista está discutiendo con una mujer a la que no veo porque me la tapa un árbol. También hay algún perro que protesta por ahí. Las paredes devuelven el eco de sus ladridos.

Vuelvo a la cama y cierro los ojos, pero al cabo de un momento alguien se dedica a llamar al timbre con insistencia. Me planteo no hacer ni caso, pero como el timbre sigue sonando, al final tengo que ponerme un jersey viejo de mamá por encima del pijama y bajar a abrir.

Me encuentro con una mujer muy elegante, menuda, tirando a anciana, pero tampoco tanto. Debe de tener unos sesenta años, aunque lleva muchísimo maquillaje y a mí se me da fatal calcular la edad. Tiene el pelo rubio y corto, con unas gafas de marca a modo de diadema y una chaqueta de color crema que, por las pintas, debe de ser muy cara. Detrás está el taxista que había visto por la ventana, cargado con unas maletas de cuero a juego, de color violeta.

—¡Este «caballero» pretende que le pague de más! —exclama la mujer con un acento pijo escocés, señalando con el pulgar al taxista—. Por *Hector*.

Me mira indignada, obviamente esperando una respuesta. Pasmada, le devuelvo la mirada. Es evidente que está loca. Me vuelvo hacia el taxista en busca de alguna explicación. El hombre está congestionado y sudoroso, tanto por el peso de las maletas como por su enfado.

—No se permiten perros en el taxi. Excepto los perros guía, por supuesto —añade en tono de disculpa, como para demostrar que no es un monstruo.

—Pues habérmelo dicho cuando me he subido —le replica la mujer, que habla como si fuera la reina de Inglaterra.

—Mmm... —murmuro, sin saber muy bien por dónde empezar.

¿Quién es esta mujer? ¿Qué hace aquí? ¿Por qué me hablan los dos como si supiera lo que está pasando? También me desconcierta un poco el hecho de que ella tenga, al parecer, un perro invisible.

—¿Y cómo iba yo a saber que tenía un maldito perro? ¡Lo ha metido ahí de contrabando! —El taxista señala con dedo acusador el bolsón que lleva la loca debajo del brazo. Y entonces me doy cuenta de que dos grandes ojos negros miran desde dentro con gran suspicacia. Eso al menos solventa una de las cuestiones.

—¡De contrabando! —La mujer lo mira furiosa—. ¡En mi vida he oído semejante tontería!

—Perdone —intento interrumpir—, me parece que ha habido un error...

—Es que no es higiénico, guapa —me explica el taxista—. Y soy alérgico. —Y como para demostrarlo, estornuda de forma estrepitosa tirando al suelo bolsas y maletas.

—No, quiero decir...

—¿Que no es higiénico? —Por un momento da la impresión de que la loca le va a pegar y todo. Cierra la cremallera de la bolsa en que supuestamente va *Hector*, como para evitarle el disgusto de escuchar tamaño insulto. La bolsa comienza a emitir unos graves y malhumorados ladridos, que van subiendo de tono a medida que crece el enfado de su dueña—. ¿Que no es higiénico? Pero ¿cómo se atreve? Es usted un estúpido, un ignorante...

—¡Eh, un momento! —El taxista saca un pañuelo y se suena ruidosamente antes de mirar furibundo a la mujer—. Eso no se lo consiento ni siquiera a una anciana.

La mujer se torna del mismo color que su equipaje y se yergue en toda su estatura, con lo cual viene a llegarle al taxista más o menos al pecho.

—¿A quién está usted llamando anciana?

—¡PERDONEN! ¿QUÉ ESTÁN HACIENDO AQUÍ? —les grito. Por fin los dos centran en mí la atención y entonces me acuerdo de que llevo puesto el pijama y un jersey viejo de mamá. La mujer me mira de arriba abajo y chasquea la lengua con desaprobación.

—Bueno, bueno. No hay necesidad de gritar, Pearl.

Me quedo petrificada. ¿Cómo sabe mi nombre?

—¿Quién es usted? —pregunto, pero con cautela, porque en ese mismo instante me doy cuenta de que algo en ella me resulta familiar, algo que conozco aunque no puedo recordar bien... El taxista nos mira a las dos, desconcertado.

—¿No había dicho que aquí vivía su nieta? —Entonces se vuelve hacia mí dándose unos golpecitos en la sien—. Lo siento, guapa, me parece que le falta un tornillo.

—¿Abuela? —exclamo incrédula.

Sí, ahora sé que es ella, a pesar de que no la he visto desde que tenía cuatro años.

—Pues claro —me contesta, mirándome como si la rara fuera yo—. ¿Quién iba a ser? En fin, ya está bien de tonterías. ¿Entramos?

—No.

Se queda mirándome.

—¿Cómo dices?

—Que no. Que ésta es la casa de mi madre, y ella no querría que entraras. Aquí no eres bienvenida.

Entonces me sonríe como si todavía fuera la niña de cuatro años a la que vio por última vez.

125

—No seas tonta, Pearl.

—Lo digo en serio. A papá no le hará ninguna gracia, cuando venga, encontrarse con que te has presentado aquí así sin más.

La mujer enarca sorprendida unas cejas depiladas y pintadas.

—Pearl, cariño, ¿quién te crees que me pidió que viniera? ¿Es que no te había dicho nada?

Imposible. Mi padre no habría actuado a mis espaldas. ¿O sí? Claro. La conversación aquella que no llegamos a tener. La llamada telefónica que interrumpí. Por eso estaba tan evasivo. Ahora lo entiendo.

—Tenía previsto llegar el próximo fin de semana —me explica la abuela—, pero en el último momento pude cambiar los planes y se me ocurrió daros una sorpresa.

—Pues sí que se la ha dado —comenta el taxista.

—No pongas esa cara, niña —me dice la abuela, como si el taxista ya ni existiera—. He venido a ayudar. A poner orden en esta casa.

Saca de la bolsa a *Hector*, que resulta ser un carlino. El animal olisquea con su hocico chato y negro un diente de león que crece en las grietas del sendero, y a continuación alza la pata contra la pared del porche y entra al trote en el recibidor rascando con las uñas en las losetas del suelo. *Hollín*, que estaba en el primer escalón lamiéndose una pata, eriza la cola como si fuera uno de esos plumeros antiguos y sale disparada por la puerta trasera.

—No soy una niña —le digo a la abuela—, y no necesito que venga nadie a poner orden.

Ella me sonríe como si yo fuera una cría que acabara de decir algo muy gracioso sin darse cuenta.

—Sí que te pareces a tu madre, que en paz descanse. Pobre Stella. —Se interrumpe un momento, me pone la mano en el hombro y parece apenada de verdad. Pero no le dura mucho—. En cuanto a usted —prosigue, dirigiéndose al taxista—, haga el favor de ayudarme con las maletas.

—De eso nada, señora. —El taxista vuelve a estornudar.

—Desde luego que sí, si quiere que le pague —replica ella. El hombre recoge entonces el equipaje entre gruñidos y lo mete en el recibidor—. ¡Londres! —exclama ella, desdeñosa, mientras se cuela en casa, dejando una estela de un persistente aroma floral—. Os han pintado un grafiti obsceno en la fachada, no sé si lo sabes. Y ni siquiera está bien escrito.

Me gustaría saber qué espera que haga yo con esa información. ¿Salir a borrarlo? ¿Ir con un espray de pintura a corregir las faltas de ortografía?

Al cabo de diez minutos es como si la abuela llevara aquí toda la vida. Anda trasteando en la cocina, preparando un té, dándole a *Hector* unas galletas de perro que ha sacado de una de sus muchas bolsas, preguntándose en voz alta cuándo volverán papá y la Rata, y quejándose por el estado general de la casa. Que si hay humedad en el pasillo, que si hay termitas en el parquet, que si la cocina no ha sido reformada desde el principio de los tiempos, que si el jardín es como las selvas de Borneo... Miro por las ventanas del patio. Es verdad que el jardín está más salvaje que nunca.

—Es un jardín maduro —comentó en su día el agente de la inmobiliaria—. Un reto para el jardinero avezado —añadió, esperanzado.

—Pues más nos vale que al recién nacido se le dé bien la jardinería —contestó papá.

Ahora, opto por mentir:

—Pues a nosotros nos gusta.

—La casa entera está como si hubiera sufrido un bombardeo, Pearl. ¿Cómo demonios se les ocurrió a tus padres venir a un sitio así con una niña a punto de nacer en cualquier momento?

—La verdad es que todavía faltaban meses para que naciera.

«Así que si quieres echarle la culpa a alguien, échasela a la niña», me gustaría decirle. Pero me lo callo.

—Da lo mismo. —La abuela inspecciona el fogón, que ahora está cubierto de una densa capa de polvo—. ¡Por Dios bendito, pero si parece de mi abuela!

—Teníamos que habernos mudado hace meses, pero pasó de todo. Iban surgiendo problemas uno detrás de otro. Yo qué sé... La hipoteca, las inspecciones, todos los papeleos... En fin, mamá dijo que sólo hacía falta una mano de pintura y un poco de esfuerzo.

Lo cierto es que cuando mamá dijo esto yo le repliqué que seguramente estaba loca de atar y debería ir al médico, pero ahora tengo que defenderla delante de la abuela puesto que ella no está aquí para defenderse sola.

—Ya, bueno, es verdad que siempre tuvo mucha imaginación —replica la abuela en tono de desaprobación. Luego suspira—. De verdad que lo siento mucho, Pearl. Lo de tu madre, digo.

—Eso no es verdad. Yo sé cómo era vuestra relación. Tú la odiabas. No tienes que fingir que lo sientes.

La abuela niega con la cabeza.

—Eso no es verdad, cariño. En absoluto. Es cierto que teníamos nuestras diferencias, pero yo no odiaba a tu madre.

—No querías que papá se casara con ella. Te parecía una espantosa madre soltera.

La abuela pone dos tazas de té sobre la mesa.

—Bueno, me preocupaba, como cualquier madre —me explica, mientras limpia a fondo una silla con las toallitas húmedas de la Rata que papá ha dejado por aquí—. Yo sólo quería que Alex fuera feliz. Y puede que al principio tuviera mis reservas, pero luego vi que era feliz con Stella. Y contigo. Nunca lo había visto tan feliz. —Por fin se sienta y se echa sacarina en el té—. Alex la quería. Y a ti te adoraba. Nunca he visto a nadie tan embobado con un bebé como a tu padre contigo. Que Stella y yo nos cayéramos mejor o peor ya no tenía importancia.

Bueno, claro, ¿qué otra cosa iba a decir? Me quedo callada. *Hector* viene a olfatearme los pies. Parece que ya se ha hecho con la casa; me pregunto si volveré a ver a *Hollín*. Bueno, si yo pudiera salir corriendo a esconderme en el jardín, también lo haría.

—En fin —concluye con brío la abuela—, que ahora no es el momento de pensar en todo eso. Anda, déjame que te vea bien, cariño.

¿Cariño?

—La última vez que te vi no medías ni dos palmos, eras una cosita toda regordeta. Yo te llamaba «mi preciosa Pearl», ¿no te acuerdas?

¿«Mi preciosa Pearl»?

—No —se contesta ella, mientras se sube a *Hector* al regazo. En ese momento me doy cuenta de que es más vieja de lo que parece con tanto maquillaje, y de que se la ve cansada—. Cómo vas a acordarte. Madre mía.

Y allí se queda, mirándome fijamente, como sumida en sus pensamientos, hasta que me siento tan incómoda que tengo que levantarme y fingir que estoy buscando algo en el otro extremo de la cocina.

—Estás delgadísima, niña —dice, saliendo por fin de su ensimismamiento—. Vamos a tener que darte bien de comer. A ver, ¿qué puedo preparar de cena? Tu plato favorito antes era el pastel de carne con patatas.

Justo cuando estoy volviéndome para protestar, oigo la llave en la puerta y a continuación el consabido estrépito de la batalla diaria por meter en casa el ridículo carrito. Si no se introduce en el ángulo exacto, no hay forma de que entre, a pesar de que papá quitó la cómoda que había en el recibidor.

—¡Ahí están! —A la abuela se le ilumina la cara. Le ha entrado tal excitación que hasta se quita a *Hector* de encima. El animal se queda a sus pies, en actitud combativa, y en cuanto mi padre entra en la cocina, empieza otra vez a soltar sus broncos ladridos.

Papá, al ver a la abuela, se detiene en seco, como horrorizado. Luego me mira muy nervioso.

—Pero... ¿no tenías que llegar la semana que viene? —pregunta, mirando a la abuela.

—Vaya, menuda bienvenida —protesta ella—. Creía que te alegrarías.

—Sí, claro, mamá. Claro que me alegro —le asegura, dándole un abrazo. Y se lo ve tan aliviado, y a ella tan contenta, que me entran ganas de vomitar.

—¿Qué hace aquí la abuela? —pregunto, aunque ya lo sé. Por supuesto que lo sé. No soy tonta.

—Quería decírtelo, cariño, pero no he tenido ocasión. La abuela ha venido a cuidar de Rose una temporada. Hasta que podamos encontrar otra solución. Así ya no tienes que encargarte de ella.

—Soy muy capaz de encargarme de ella.

Aunque la verdad es que no tener que quedarme más con la Rata me supone un alivio tan grande que en parte me alegro de ver a la abuela, a pesar de todo. Antes de llegar papá, tenía planeada una escena de tipo: «Si ella se queda, yo me voy.» En cambio, ahora pienso que no serviría de nada. Total, alguien tiene que ocuparse de la Rata, y no voy a ser yo. Y tampoco es que tenga que relacionarme mucho con la abuela. Cuando estoy en casa, me quedo casi siempre en mi habitación, lejos de papá y de la Rata. Ni siquiera tengo que hablar con la abuela si no quiero.

—Pero si tú no querías cuidar de ella —dice ahora mi padre, desconcertado—. Y además, era algo temporal, sobre todo porque tienes que volver al instituto dentro de unas semanas.

A todo esto, la abuela no ha apartado los ojos de papá.

—Se te ve mayor, Alex —le dice.

Me pregunto cuánto tiempo lleva sin verlo. Recuerdo que antes papá iba de vez en cuando a visitarla algún fin de semana, pero dejó de hacerlo cuando yo era todavía pequeña. Mamá se ponía de un humor de perros si él no estaba. Una vez le pregunté por qué no podía irme yo con él, y me pegó tal ladrido que nunca más volví a mencionarlo.

—Bueno, es que soy mayor. Ha pasado mucho tiempo.

Pero yo sé a qué se refiere la abuela. Papá parece mayor de lo que es. La abuela lo mira fijamente como si quisiera enfocarlo bien, intentando ver a su hijo en ese hombre canoso y cansado que tiene delante.

—Sí, sí que ha pasado tiempo. —*Hector* gimotea a sus pies, y ella lo coge en brazos para acariciarlo, esbozando una sonrisa forzada—. Bueno, ¿y dónde está mi nieta? ¿Qué has hecho con la princesita? —pregunta con voz dulzona.

—Está en el cochecito. —Papá sonríe—. Dormida. Ven a verla.

La abuela sale al pasillo con un taconeo y al cabo de un momento empieza a soltar carantoñas. Me asomo a la puerta de la cocina. La abuela saca con mucho cuidado del cochecito a la Rata, que prácticamente ha desaparecido dentro de su pijama, de lo grande que le queda, y la sostiene en la curva del brazo para verle la cara.

—Hola, Rose —susurra.

Papá las mira y parece contento, como no lo estaba desde hace mucho. Es obvio que le da igual lo que pensaría mamá. Le da igual lo que piense yo.

De hecho, ni siquiera se acuerdan de que existo.

Esa noche, cuando la abuela ya ha metido a la Rata en su cuna, mi padre saca todas las cajas del estudio de mamá y abre el sofá cama. Yo observo enfadada cómo el estudio de mamá se convierte en la habitación de la abuela, abarrotada con el contenido inabarcable de las maletas de color violeta.

—Lo siento, mamá —se disculpa mi padre—, ya sé que no es precisamente una habitación de lujo. Pensaba tenerla lista antes de que vinieras, aunque no sé dónde vamos a meterlo todo.

Y de pronto se me pasa toda la rabia.

—Ah —le digo—, a mí no me importa tener algunas cajas en mi cuarto.

Cuando estoy segura de que mi padre y la abuela se han acostado, vuelvo a rebuscar en la caja marcada como «PERSONAL», pero no encuentro nada relacionado con James.

Me esfuerzo por encajar el chasco, pero no lo consigo. Hasta que se me ocurre una idea. Saco el portátil, que lleva tiempo acumulando polvo debajo de la cama, y lo enciendo. ¿Por qué estoy tan nerviosa? No tengo razones para sentirme culpable. Sólo quiero averiguar algo de mi padre. ¿Qué tiene de malo? No es que vaya a ponerme en contacto con él ni nada de eso. Sólo lo hago por curiosidad. Es normal. A pesar de todo, pongo una de las cajas contra la puerta por si a la abuela se le ocurre venir a fisgonear, porque se nota a la legua que es de esas personas que saben cuándo va a pasar algo que no merece su aprobación.

Otra cosa que me preocupa es que a mamá le dé por aparecer para meter las narices.

Por fin tecleo el nombre de James Sullivan y, antes de poder pensarlo dos veces, pulso la tecla de «buscar». La página tarda un rato en cargarse, porque aquí la conexión a internet siempre falla. Por fin se ilumina la pantalla. «Aproximadamente 82.700.000 resultados.»

Uf.

Me quedo un buen rato como un pasmarote, sintiéndome tonta perdida. James Sullivan no es precisamente un nombre poco común. Debería haber pensado que habría tropecientos mil. ¿Cómo dar con el que me interesa? Abro unas cuantas páginas: hay médicos, estudiantes, abogados, deportistas diversos, un catedrático de Filosofía, un entrenador de perros... y otro montón de cosas. Están por todo el mundo, así que añado a la búsqueda el filtro «Reino Unido», pensando que así la acotaré un poco. Y sí: ahora salen 21.500.000 resultados. Pero entonces se me ocurre que en realidad no tengo ni idea de si vive en Inglaterra o qué. Podría haberse marchado. Podría incluso no hacerse llamar

James, sino Jamie o Jim o Jimmy, o algún estúpido apodo, o cualquier otra cosa. Abro unas cuantas páginas más. Los hay jóvenes y viejos y muertos. Pero si se hubiera muerto, mamá me lo habría dicho, ¿no? Aunque la verdad es que tampoco tengo ni idea de si mamá y él seguían en contacto.

Me quedo un rato pensando, tratando de acordarme de la vez que estuvimos hablando de él, hace muchos años, esforzándome en vano por dar con algún dato olvidado que pueda servirme.

Pero nada, no hay manera. Tendré que preguntar a mamá.

Agosto

—No te preocupes por nosotras —brama alegremente la abuela mientras pasa la aspiradora en torno a mis pies, con la Rata sobre su cadera. Yo estoy en el sofá, fingiendo leer—. Acabamos en un momento; ¿verdad que sí, princesita mía?

Sólo lleva aquí tres semanas, pero parece toda una vida, o más. La casa ya no hay quien la reconozca. Todo se ha refrotado, refregado y pulido hasta el límite. No puedes posar una taza de café en una mesa sin que venga ella corriendo a levantarla, chasqueando la lengua, para colocar debajo un posavasos. La Rata duerme toda la noche sin soltar ni un gemido.

«Sólo necesitaba un poco de rutina», dice la abuela cada dos por tres, muy satisfecha de sí misma.

—Luego a lo mejor podrías ayudarme a hacer un puré de pera para Rose —propone ahora, al apagar la aspiradora—. A mi pequeñina le está entrando hambre, ¿a que sí? —La Rata le sonríe y gorjea, y yo hiervo de rabia en silencio ante su deslealtad—. A lo mejor hasta podrías intentar darle tú de comer —sugiere la abuela. Se dedica a comprar toneladas de fruta y verdura orgánica para prepararle purés a la Rata, que luego se pone la cara perdida con ellos o los esparce por toda la cocina. Es un numerito bastante asqueroso de ver, y mucho más si encima participas en él.

—No puedo —respondo rápidamente, poniéndome en pie—. Tengo cosas que hacer.

Pero cuando ya estoy subiendo por la escalera, suena el timbre.

—Abre la puerta, ¿quieres, Pearl? —me grita la abuela.

En el umbral me encuentro a Molly, más bronceada que nunca y muy rubia.

—¡Pearl! —exclama, y me da un abrazo—. ¿Cómo estás? ¡Cuánto tiempo! He venido a verte tan pronto como he llegado. No sabes cuánto te he echado de menos.

—¿Ah, sí? —replico, sarcástica—. ¿Me echabas de menos estando de vacaciones con tu novio en un apartamento de lujo en España?

—Ha sido genial. —Me sonríe—. Pero sí, claro que te echaba de menos. Me acordaba de ti todos los días.

Se produce un silencio.

—Bueno, no puedo quedarme mucho —dice por fin—. Tengo que cuidar de los niños, pero es que quería verte y... —Se calla de nuevo—. En fin, que me gustaría también saludar a la niña.

—Ah.

Claro, para eso ha venido.

Me quedo allí en la puerta, buscando una razón para impedirle el paso, pero, cómo no, la abuela aparece en ese mismo instante con Rose en los brazos.

—Tú debes de ser Molly. Pearl me ha hablado mucho de ti. —Cosa que es cierta, porque la CIA y cualquier servicio secreto podría aprender mucho de las tácticas de interrogatorio de la abuela. Te atosiga de tal manera que al final estás dispuesta a contarle lo que sea con tal de que te deje en paz.

—Es mi abuela —le explico con cierta resignación.

Pero Molly no nos mira ni a mi abuela ni a mí. La Rata la tiene hipnotizada.

—Rose —dice con reverencia—. ¡Ay, Pearl! ¡Es perfecta!

—¿A que sí? —interviene la abuela, encantada de haber encontrado una aliada—. Pasa, Molly, cariño, ven a tomarte un té y así la conoces como es debido. Ahora mismo íbamos a darle de comer, ¿verdad, Pearl?

Yo me limito a seguirlas en silencio y luego a observarlas mientras se ríen y hacen carantoñas y le dan de comer a la Rata un engrudo de pera.

—¿Puedo cogerla? —pregunta Molly cuando terminan.

—Pues claro. —La abuela alza de su trona a la Rata, que está toda pringosa, y la coloca con suavidad en brazos de mi amiga.

—Hola, Rose. —A Molly se le ilumina la cara con una expresión de emoción y ternura, como era de esperar. La Rata gorjea, y Molly se acerca a la ventana para ir señalándole las cosas del jardín: los pájaros, las hojas de los árboles que se mecen en la brisa... Se la ve tan natural y contenta con la Rata que no puedo soportarlo.

Cojo la revista de la abuela que hay en la mesa e intento concentrarme en las *15 recetas con berenjenas*.

Al cabo de un rato, a regañadientes, Molly le devuelve la Rata a la abuela.

—Tengo que irme. Mi madre entra ya pronto a trabajar. ¿Quieres que me pase por aquí el jueves, para ir juntas a recoger las notas?

Me asalta una punzada de resentimiento contra ella, por intentar hacer ver que todo es normal, como si aquí no hubiera pasado nada, como si todo fuera como antes.

—Yo no voy a ir a por las notas —replico, pasando las páginas de la revista.

Se hace un silencio y noto que tanto Molly como la abuela se vuelven hacia mí.

—¿Qué quieres decir?

Me encojo de hombros sin alzar la cabeza.

—Que me da igual. Que es perder el tiempo.

—No digas tonterías, Pearl —se entromete la abuela—. Pues claro que irás a por las notas.

—No.

La Rata se pone a lloriquear.

—Bueno, si cambias de opinión, llámame, ¿vale?

—No voy a cambiar de opinión. —Ahora finjo estar interesadísima en un artículo sobre velas perfumadas—. ¿No decías que tenías prisa?

En cuanto se larga, me voy derecha a mi cuarto antes de que la abuela me suelte un sermón.

—¡Que sepas que se ha marchado disgustada! —me grita a pesar de todo—. Una chica tan encantadora... Has sido muy grosera con ella, Pearl.

Pero me da igual.

No puedo perdonar a Molly que quiera a la Rata más que yo.

Unos días más tarde, me encuentro con «El Sobre» en la mesa de la cocina cuando bajo a desayunar. «El Sobre de las Notas.» Mi padre y la abuela se han pasado una semana dándome la vara, desde que les dije que no iría a recogerlas. La abuela lo ha intentado todo en vano para convencerme, desde el soborno hasta las amenazas. Y ahora ahí están los dos, esperándome de lo más sonrientes. Incluso la Rata me observa con atención desde su trona, donde la abuela la ha incorporado con un cojín.

—Buenos días —me saluda con alegría—. ¿Has dormido bien?

—¿Quieres un café? ¿O un té? —me propone mi padre antes de que yo pueda contestar.

—En realidad, me parece que paso de desayunar. No tengo hambre. —Y me dirijo hacia la puerta.

—¡No! —chilla la abuela—. ¡No puedes!

—Pero están aquí tus notas. —Mi padre intenta poner voz serena—. ¿No quieres abrirlas?

—No.
Silencio.
—Bueno, igual no delante de nosotros. —Papá me sonríe como dándome ánimos—. Lo entiendo muy bien. Es una cosa personal. Llévatelas arriba y cuando estés lista ya nos dirás.
—No es eso. Es que no quiero saberlas.
—Oye... —Mi padre me coge de las manos—. No tienes de qué preocuparte. Todos sabemos que ha sido una época muy difícil para ti, y que tenías mucha presión en los exámenes. No vas a decepcionar a nadie, cariño. Y siempre quedan las recuperaciones. Sean cuales sean las notas, estaremos orgullosos de ti.
—No estoy preocupada, es que me da igual. ¿Qué más da, de todas formas?
—¿Cómo que qué más da? ¡Pues claro que da! —exclama la abuela.
—¡Vale! —salto yo—. Si tanto os interesa, abrid el sobre vosotros.
—Eso no podemos hacerlo —dice papá.
—¡Desde luego que sí! —Y la abuela coge el sobre de un manotazo, no vaya a ser que me dé tiempo a cambiar de opinión.
—Ahí las tenéis. A disfrutar. Yo me voy a dar una ducha.
Subo hecha una furia y, justo cuando estoy cerrando la puerta del baño, oigo chillidos abajo.
—¡Pearl! —me llama la abuela, loca de alegría—. ¿Pearl? ¡Tienes que bajar a verlo, cariño!
Pero yo cierro y echo el pestillo.
Me estoy poniendo el champú cuando oigo un fuerte estornudo procedente del retrete. Me vuelvo sobresaltada y advierto la brumosa silueta de mamá a través de la amarillenta cortina de la ducha.
—No puedo quedarme —me dice—. Sólo pasaba por aquí a felicitarte por las notas.

Yo sonrío a mi pesar.

—Ni siquiera las sé todavía.

—No, pero dado el frenesí de excitación y deleite de ahí abajo, deduzco que no lo habrás suspendido todo.

—Supongo.

—La abuela estará ahora mismo convencidísima de que todo el mérito de tu genialidad es suyo. No se dejará contradecir por detalles sin importancia, como el hecho de que no te ha visto desde que tenías cuatro años y que no has recibido de ella ni la más mínima herencia genética.

—¿Así que ya sabías que está aquí? —Todavía no tengo muy claro si mamá sabe más de lo que aparenta sobre lo que sucede en esta casa. ¡Y yo que tanto temía el momento de darle la mala noticia de la llegada de la abuela! Bueno, por una parte temía el berrinche que iba a llevarse, pero por otra casi tenía ganas de explicárselo, por aquello de contar con una aliada contra la abuela.

—Uy, sí —me dice ahora, como si le diera absolutamente igual—. Reconocería ese perfume en cualquier parte. Siempre me produjo... —Y vuelve a estornudar. Es verdad: el intenso perfume floral de la abuela parece haber impregnado la casa entera. Hasta en mi habitación lo huelo de vez en cuando, con toda probabilidad porque insiste en entrar a limpiar en las pocas ocasiones en que no estoy. La tengo amenazada con poner un cerrojo—. Y además, seamos sinceras, es como para no enterarse, ¿eh? Se me había olvidado el jaleo que monta. Seguro que todavía la están oyendo en Edimburgo, pobre gente.

Se lo está tomando con demasiada guasa, para mi gusto.

—Creía que te enfadarías mucho.

Mamá suspira.

—Bueno, no digo que esté encantada. Pero con papá en el trabajo y tú que tendrás que volver pronto al instituto, alguien ha de quedarse con Rose, ¿no?

Sé que tiene razón, pero me molesta que no se enfurezca más con la abuela y con papá.

—Para ti es muy fácil decirlo —refunfuño—. No eres tú quien tiene que convivir con ella. Es una pesadilla. No me deja en paz. —Y aquí hago mi mejor imitación de su acento pijo escocés—: «A tu edad deberías salir a divertirte, y no quedarte aquí en casa hecha un alma en pena. Deberías comer más. Deberías echarte un novio. Yo a tu edad ya era novia de tu abuelo, que en paz descanse.» Me pone de los nervios.

Y además me da una lata espantosa para que haga cosas con Rose. «Uy, mira, Pearl, ¿puedes quedarte con ella un momentito mientras voy al servicio?» O: «¿Te importa darle tú de comer, y así me pongo yo con la cena?» Y no falla: en cuanto me coloca a la Rata en brazos, la niña se pone a berrear sin consuelo. Y entonces la abuela siempre hace un comentario absurdo: «Anda, mira cómo quiere a su hermana mayor.»

Pero a mamá no le cuento nada de eso.

—Vaya por Dios. —Se ríe—. Pobrecita. Sí que me das pena, Pearl, de verdad. Pero lo primero es Rose —añade con firmeza—. Sé que lo entiendes, cariño.

Me deja tan helada que no puedo ni hablar. Menos mal que con la cortina de la ducha no puede verme la cara.

—En fin, no perdamos tiempo hablando de la abuela. Hoy es tu día. Estoy muy orgullosa de ti. Sabía que lo conseguirías.

Yo sigo callada.

—Podrías intentar mostrar un poco más de entusiasmo, narices.

—¿Qué más da?

Mamá asoma la cabeza por un lado de la cortina. No parece muy contenta.

—Mira, no empieces otra vez con eso, Pearl.

—¡Mamá!

—¿Qué?

—Un poco de intimidad, por favor.

—Venga ya. Ya lo he visto todo antes. —Me mira entonces con atención—. ¿Estás bien? Tienes los ojos muy rojos.

—Se me ha metido el champú —le miento. Por nada del mundo deseo que se dé cuenta de cuánto me ha dolido—. Pásame una toalla, ¿quieres?

Pero no aparece ninguna toalla.

—Ya nunca sales de casa.

—El novio de Molly da una fiesta la semana que viene.

—Molly me ha llamado ochenta veces con esa historia. Está desesperada por que conozca mejor a Ravi—. A lo mejor voy.

—Prométeme que irás.

—Dame la toalla.

—Si no me lo prometes, no.

—Vale, te lo prometo.

Me da entonces la toalla y un beso en la mejilla.

—No te arrepentirás.

—Muy bien. ¿Y ahora me haces el favor de marcharte para que pueda vestirme en paz?

Me acerco a la puerta de casa de Ravi felicitándome por haber empezado con el vodka antes de llegar. Siento una cálida y agradable sensación y no estoy nada nerviosa por el hecho de que la casa sea mucho más pija de lo que esperaba, ni por no conocer a ninguno de sus amigos. Si los conociera, seguramente tampoco me caerían bien.

Estaba a punto de echarme atrás en el último momento, pero justo cuando iba a llamar a Molly para decirle que me rajaba, mamá ha asomado la cabeza por la puerta de mi cuarto.

—No creas que no sé lo que estás haciendo. Una promesa es una promesa, Pearl. Así que, anda, sal, y ya que estás, diviértete.

De manera que he sacado el vodka del mueble bar y después de un par de tragos he decidido que quizá lo de la fiesta no era tan mala idea.

Llamo al timbre de bronce y al cabo de un momento me abre la puerta una mujer muy guapa y jovial, que me imagino que será la madre de Ravi. Me quedo de lo más sorprendida. No me había imaginado que sería esa clase de fiesta, y todavía llevo la ropa que he recogido esta mañana del suelo de mi cuarto, junto con el jersey viejo de mamá, comido por las polillas. La mujer no parece tener muy claro si vengo para la fiesta o pretendo venderle algo.

—Soy Pearl, la amiga de Molly.

—Ah, sí —me dice, con un destello de dientes blancos y brillo de labios—. Qué bien. Yo soy Sarah, la madre de Ravi. Pasa, pasa, están todos en el jardín. —Y se queda en la puerta para recibir a más gente que acaba de llegar en un todoterreno.

En casa de Ravi hay un montón de alfombras mullidas de color crema, un parquet reluciente y jarrones con flores frescas, y todo parece sacado de las revistas del corazón. Me imagino a Molly y a Ravi en uno de estos sofás clásicos, con la sonrisa pegada en la cara y a lo mejor unos cuantos niños dispersos por la sala. *Molly, Ravi y los trillizos nos invitan a su Hogar Majestuoso.* Esta idea, combinada con el vodka, me hace soltar una risilla y luego pienso que ojalá no me haya oído la brillante y sonriente Sarah; entonces me da más risa todavía.

La parte trasera de la casa se abre a una terraza y un enorme jardín donde hay una zona de bar bajo una carpa, y una barbacoa de tamaño industrial. Hay gente de uniforme —¡de uniforme de verdad!— preparando las hamburguesas y sirviendo bebidas. Así de pija es la fiesta. Una banda toca una música espantosa en el otro extremo del jardín, de los árboles cuelgan farolillos y hay una especie de velas gigantescas clavadas en el suelo. Hay montones y montones de invitados. Algunos son obviamente amigos de Ravi, pero otros parecen parientes, tíos, primos, de todo. Yo no conozco a nadie, lo cual es perfecto. Doy otro trago a mi botella y vuelvo a guardármela en el bolso.

—Caray —dice mamá a mi espalda—. ¡Menudo glamur!

—Ya lo sé —contesto—. Yo esperaba latas de cerveza en un barreño y gente vomitando.

—Ya, bueno. Yo no me quejaría. Tú diviértete. Pásatelo bien por una vez. Y cuidadito con lo que bebes, que ya llevas un rato dándole al vodka. No querrás montar una escena en la mansión del novio de Molly, ¿no?

Bajo desde la terraza hasta la carpa del bar. Molly corre a mi encuentro y me abraza.

—¡Cuánto me alegro de verte! Pensaba que igual no venías.

—La verdad es que no me esperaba esto.

—Anda, ven. Pídete algo de beber y vamos a bailar. Ravi está muy ocupado porque tiene que atender a toda su familia. Apenas lo he visto en toda la tarde.

—Beberé algo, pero me niego a bailar.

—Bueno, vale. Pues charlamos un rato. Así nos ponemos al día.

Nos vamos a unas sillas algo apartadas.

—Enhorabuena por las notas —dice.

—A ti también.

—Nos lo hemos pasado estupendamente en España. —Y entonces se le ensombrece un poco la expresión—. Qué pena tener que volver, la verdad.

—Ah, vaya. Gracias.

—¡No, no! —exclama Molly, cogiéndome la mano—. No, no lo decía por eso. Es genial volver a verte. De verdad que te eché mucho de menos. No. Es que... —Y se queda callada.

—¿Qué?

—Da igual. Venga, anímate, ¿un baile rapidito?

Pero justo cuando intenta ponerme en pie, aparece Ravi.

—Hola, Pearl. —Me da dos besos y se queda allí plantado, como cortado—. Muchas gracias por venir. ¿Te lo estás pasando bien? ¿Te traigo algo?

—No, gracias —mascullo, mirándole los zapatos, que seguramente habrá abrillantado para la ocasión.

—¿Te importa que me lleve a Molly un momentito? —pregunta, cogiéndola de la mano—. Mi tía se muere por conocerte.

—Ah. Vale. —Molly parece algo cortada, pero complacida—. Ahora mismo vengo, Pearl.

Y desaparecen entre el gentío.

Después de beber un poco más de vodka descubro que es bastante divertido hablar con gente que no sabe nada de mí: con una tía abuela de Ravi que lleva un sari púrpura precioso, con su padrino, con un primo de Ealing. A ninguno le doy pena. Nadie me pregunta cómo estoy. Les puedo decir lo primero que se me pase por la cabeza: que soy cinturón negro de kárate, que voy a terminar los estudios en Suiza, que toco el ukelele, que mi padre es piloto de caza.

—Uy, sí, mi madre es cantante de ópera...

—No, qué va, no tengo hermanos. No, en absoluto, soy hija única...

De vez en cuando me escapo a echar un trago de vodka en el baño, donde hay varios ejemplares de *The Economist* que no sé por qué me hacen reír. Advierto que ya voy por la mitad de la botella.

—Estás dándole buena cuenta —comenta mamá, a mi espalda—. ¿No crees que ya es suficiente? Bébete un par de vasos de agua. Y ya sé que últimamente no comes mucho, pero no sería mala idea que picaras algo sólido.

—Tú misma me has dicho que me divierta —le replico, mientras me salpico los zapatos con la carísima loción de manos, y me da la risa otra vez.

—Por lo menos prométeme que no vas a montar un espectáculo. Nada de vomitar en la fuente ni de intentar morrearte con algún tío de Ravi. Se puede liar muy gorda muy deprisa, Pearl. Créeme, sé de lo que hablo.

—Estoy bien.

Momentos después estoy hablando con un compañero de trabajo del padre de Ravi, contándole que me crié en el desierto australiano, y de pronto me doy cuenta de que el suelo se me mueve un poquito. Igual mamá tenía razón. Me acerco a la barra a pedir un vaso de agua y busco una mesa un poco apartada para poder sentarme a solas un rato, a ver si me despejo.

—¿Pearl?

¡Ay, Dios mío! ¡Lo que me faltaba! Es Taz. El espantoso Taz, el «gilipollas egocéntrico» con quien yo más o menos salía. ¿Qué demonios hace aquí? Básicamente empinar el codo, por lo visto, porque hasta yo le noto que va como una cuba. Se acerca tambaleándose a la mesa y se deja caer en una silla a mi lado.

—Cuánto tiempo —dice, echándome una vaharada que apesta a alcohol—. ¿Cómo estás? ¡Se te ve muy bien! —Se inclina hacia mí y eso me recuerda lo poco que me gustaba ya incluso cuando salía con él, aunque en realidad nunca llegamos a salir de verdad.

—Taz —le digo, con el menor entusiasmo posible—, ¿qué haces aquí?

—Juego al fútbol con Ravi.

Genial.

—¿Cómo te va? —me pregunta, con lengua de trapo.

—Bueno, bien.

—Me enteré de lo de tu madre. —Ahora intenta ponerse muy serio y tal, pero todo el rato se le van los ojos a donde debería estar mi canalillo, si todavía lo tuviera. Pone su mano encima de la mía. Está caliente y sudorosa, se la aparto con asco—. Lo siento muchísimo —balbucea—. Mucho, mucho, de verdad.

—Ya.

—De verdad.

—Vale, ya lo he pillado.

—Si puedo hacer algo...

—Taz, ¿pretendes usar lo de mi madre para ver si puedes enrollarte conmigo?

A pesar de su estado lamentable, eso lo espabila un poco.

—No. —Niega con la cabeza ligeramente—. Por supuesto que no.
—Ya me imaginaba. Sólo un auténtico gilipollas haría algo así.
—Sí.
Otra pausa. Esta vez se tambalea de tal manera que casi se cae de la silla.
—Creo que voy a por una copa —dice por fin.
—Buena idea.
—¿Tú quieres algo?
—No.
—Vale. Nos vemos.
—Lo dudo —le digo mientras se aleja trastabillando.
Está a punto de tirar al suelo a una de las tías más temibles de Ravi. A la mujer no parece hacerle ninguna gracia.

Los farolillos dan vueltas. Parpadeo para ver si se estabilizan, pero todo se ha tornado un poquito brumoso y la verdad es que me gusta bastante así...
—Tú eres la amiga de Molly, ¿verdad? Perdona, no me acuerdo de tu nombre...
Tardo un momento en enfocar la cara de quien me habla. Claro, se trata de la madre de Ravi: la jovial y sonriente Sarah.
—Pearl —mascullo.
—Molly es una chica encantadora. Ravi y ella parecen muy felices juntos.
—Y que lo diga.
—Es una pena que Molly esté pasándolo tan mal ahora mismo.
Eso me hace alzar la mirada.
—¿A qué se refiere?
—Bueno, a lo de sus padres.
—¿Qué les pasa a sus padres?
—Bueno, lo del divorcio.

La miro, pensando que se ha equivocado de persona. La verdad es que tiene pinta de llevar ya un buen rato dándole al champán: está un poco menos efervescente, un poco menos radiante. Pero entonces me acuerdo de Molly, de lo triste que la he visto, de que enseguida ha cambiado de tema en lugar de contarme lo que le pasaba. Y sé que Sarah no se equivoca. Lo que ocurre es que Molly no me lo ha contado.
—Ah, ya.
A mí no me lo ha contado, pero a Ravi sí.
—Para los hijos puede resultar muy difícil, sobre todo a vuestra edad. Y más habiendo tanto rencor. Están utilizando a la pobre Molly como un peón en su partida. El otro día, hablándolo, hasta se echó a llorar. Le he dicho que no tiene de qué sentirse culpable, que nada de eso es culpa suya. Sus padres están siendo muy egoístas.

Así que no sólo se lo ha contado a Ravi, sino a su madre también.
—Creo que las vacaciones en España le vinieron muy bien —prosigue la mujer—. Por lo menos pudo relajarse un poco y olvidarse de todo. Nos lo pasamos de maravilla. Pero ya me imagino que te lo habrá contado.
—Uy, sí. Claro.
—No sé qué ocurrirá cuando Ravi se vaya a la universidad. —Da un trago al champán con aire pensativo—. Es difícil mantener una relación a distancia. Aunque hay quien lo consigue, por supuesto. Supongo que si la relación es lo bastante fuerte, será duradera.

Las luces dan vueltas otra vez. Cierro los ojos, y cuando vuelvo a abrirlos, la madre de Ravi se ha marchado. No sé cuánto tiempo llevo aquí, pero hace mucho frío y ahora sí estoy más que mareada.

En la pista de baile veo a Molly y a Ravi, entrelazados, bailando al ritmo lento de la música.

Definitivamente, ha llegado la hora de marcharse.

• • •

—No creo que sea muy buena idea que te vayas a casa andando tú sola, Pearl —me advierte mamá, pero ni la miro, porque tengo que concentrarme mucho para poder andar en línea recta—. ¿No podrías haber compartido un taxi con Molly?

—Molly se queda en casa de Ravi.

—Ah, ya. ¿Y eso es un problema?

—¿Por qué iba a ser un problema?

—Porque, por tu voz, parece que te moleste.

Intento encogerme de hombros con desdén, pero el hipo que tengo me estropea un poco el efecto.

—Molly puede hacer lo que le dé la gana. ¿A mí qué me importa?

—Pearl, ¿cuánto has bebido, exactamente? —dice mamá, suspirando.

—Si le apetece salir con el tío más aburrido de toda la historia de la historia de todo el universo, allá ella.

—Me sorprende que te haya dejado marcharte en este estado. —Mamá me coge del hombro y me aparta de un buzón que se acerca.

—No he ido a despedirme de ella. Estaba «muy liada». —Intento hacer las comillas con los dedos en el aire, pero acabo volcándome el vodka en los pies—. No se habrá dado ni cuenta de que me he ido.

—Parece que va muy en serio con ese Ravi. El chaval no puede ser tan malo.

—Sí, eso cree Molly. Prefiere mil veces estar con él que conmigo, así que estupendo.

—Bueno tú no has estado muy... sociable, últimamente, ¿no crees?

—Ah, así que ahora resulta que es culpa mía, ¿no?

—Yo no he dicho eso.

—Hasta prefiere a la madre de Ravi antes que a mí. ¡A su madre!

—¿No deberías dejar de beber ya?

—No.

He decidido que, ya puestos, voy a terminarme la botella de vodka.

—Es que estás un poquito...

—¿Un poquito qué? —Hago lo posible por mirarla ceñuda, pero la veo doble y no sé en cuál de mis dos madres concentrarme.

—¿Mareadilla?

—No.

—Vale, vale. Pues entonces ¿por qué no haces más que estrellarte contra los setos?

—No es verdad.

—Sí lo es.

Seguimos andando un rato; yo, poniendo todo mi empeño en andar en línea recta, pero, no sé cómo, el suelo no hace más que inclinarse y empujarme por los jardines particulares del camino.

—Lo hago a propósito.

—Claro.

—De todas formas ya se ha acabado. —Con todo el cuidado del mundo dejo la botella vacía junto a una farola—. Toma.

—¿Por qué le hablas a la farola?

—No sé. —Y me da un ataque de risa.

—Ay, Pearl. Anda, concéntrate en llegar a casa, ¿quieres? Antes de que te quedes dormida o vomites.

—Estoy perfectamente. Y además, ya no falta mucho para llegar.

Como mi voz suena alta e irritante, decido callarme. Me concentro en andar sin parar. Y en seguir andando. El camino de vuelta es mucho más largo que el de ida. Hace frío y está oscuro, aunque nunca está oscuro del todo con las farolas y los faros de los coches y los autobuses nocturnos. Pero en fin, bastante oscuro. Sólo quiero estar en casa. Quiero estar en mi cama. Todavía tengo hipo y ya me está poniendo de los nervios. Y por mucho que me concentre en poner un pie delante del otro, sigo desviándome hacia un lado, y me duele la cabeza de tanto concentrarme en no perder el equilibrio.

—¿Estás bien? —me pregunta mamá.

Intento decir que sí, pero no me sale.

—Ahora ya no queda mucho —me anima—. Venga, que puedes.

Me castañetean los dientes como locos y las piernas ya ni me responden. Pero casi he llegado. Casi, casi...

—Tengo que descansar un momento —mascullo.

Me tumbo en el suelo, que noto duro y frío en la mejilla. Todo me da vueltas como si estuviera en una noria. Pero me gusta la piedra fría en la mejilla, me alivia un poco las náuseas. Uf. Sí. Sí que tengo náuseas. Aunque si me duermo se me pasarán...

—No, Pearl. Sigue andando. Ya casi has llegado. No puedes dormirte aquí. Piensa en lo cómoda que estarás en tu cama...

—Aquí estoy bien. —Cierro los ojos y noto que todo empieza a desvanecerse.

—No, no estás bien. —La voz brusca de mamá me obliga a recuperar la conciencia—. Piénsalo. Una almohada mullida. Una casa calentita y segura, donde no hay gente mala que quiera aprovecharse de una adolescente hasta las cejas de vodka. Venga, Pearl, tú puedes.

Intento levantar la cabeza, pero alguien me ha pegado la cara al suelo.

—Es un poco... —Cierro los ojos—. Sí, aquí se está bien. Gracias.

—¡No! ¡Abre los ojos!

Lo intento, pero es demasiado esfuerzo. Todo me da vueltas y luego se desvanece hasta que sólo queda la oscuridad.

Alguien me habla, pero está muy lejos y no oigo lo que me dice.

Entonces un brazo me rodea la cintura y está poniéndome en pie.

—No —intento protestar, pero sólo emito un ruido.

—No pasa nada —dice la voz—. Tú apóyate en mí.

Me apoyo. Parece firme.

—Trata de andar un poco. Yo te ayudo.

Nos tambaleamos por la calle, doblamos una esquina. Estoy tiritando.

—No. Tú no eres mi madre. —Pero no me funciona bien la boca, es como intentar hablar en un sueño. Todo es muy raro—. Voy a vomitar.

—Vale. Inclínate sobre la cuneta.

Me inclino y vomito. No tengo nada en el estómago excepto el alcohol y un poco de zumo de manzana de antes, pero las arcadas siguen sacudiéndome hasta que no me queda nada dentro. Unas manos me apartan el pelo de la cara. El vómito me gotea por la barbilla. Me pongo en cuclillas y dejo que el viento me refresque la cara, y todo parece enfocarse un poco por un instante, antes de desvanecerse de nuevo en la bruma.

—Vamos. —Los fuertes brazos vuelven a levantarme—. Tranquila. Ya casi estamos.

Alguien está llorando. Es un llanto muy ruidoso, horrible, hueco.

—No pasa nada, Pearl, tranquila. No llores. Casi hemos llegado a casa.

—Tú no eres mi madre —intento decir.

—Hay que subir la escalera...

—No puedo.

—Claro que puedes. Yo te ayudo... Así.

Luego hay una puerta y una luz, y la voz de papá exclama:

—¡Dios mío! ¡Pearl! ¿Está bien?

Y luego...

Nada.

· · ·

Estoy en la cama, con la cabeza estampada contra una cosa dura que resulta ser un barreño lleno de vómito. El sol entra por una rendija entre las cortinas. Intento incorporarme, pero me martillea de tal manera la cabeza que tengo que volver a tumbarme. Me tapo la cara con el edredón y finjo estar muerta.

—No tienes que decir nada, Pearl. Sé muy bien cómo te sientes. —La voz de mamá suena algo apagada a través del edredón. También suena indecentemente risueña viniendo de alguien a quien en teoría debería preocuparle mi bienestar.

—No —grazno, apartando el edredón para poder verla—. No lo sabes.

—Uy, sí que lo sé. He tenido más de una experiencia como ésta, hazme caso. —Está sentada en la cama, mirándome con atención.

—Mi cabeza...

—Ah, sí. La cabeza. Es como si te despertaras en mitad de una lobotomía. ¿A que sí? Una jaqueca de muerte, ¿eh? —Parece esperar respuesta, pero no puedo hablar ni moverme—. ¿O es más bien un martilleo? ¿Como si alguien estuviera bombeándote el cerebro desde dentro y fuera a estallarte dentro del cráneo?

Intento asentir con la cabeza.

—¡NO! —me grita. Luego susurra, sonriendo al verme dar un respingo—. Perdón... Bajo ninguna circunstancia se te ocurra mover la cabeza. Las consecuencias podrían ser catastróficas.

—Es como...

—¿Como si la habitación diera vueltas? ¿O como si se estuviera balanceando? ¿Tienes náuseas?

—No las tenía, pero ahora...

—Se te pasará. Seguro. Lo mejor es comer. Carbohidratos complejos. Una buena fritura es perfecta, si puedes soportarla.

Agarro el barreño y vomito. Cuando termino, me dejo caer en la cama. Las lágrimas calientes me surcan la cara por los lados hasta las orejas.

—Ah, sí. El odio a una misma. Mitigado con una pizca de autocompasión. Sí. Una resaca de espanto. Eso lo recuerdo muy bien. Una agonía física y mental.

—¿Podrías, por favor...? —Pero no sigo. Me cuesta demasiado hablar. Cierro los ojos.

—¿Sí? Lo que quieras. Pídeme lo que quieras.

—Por favor. Cállate.

Y, para ser justa, es cierto que se calla, aunque no se va. Noto que sigue aquí.

—Parecías muy disgustada —aventura al cabo de un rato—. Me refiero a anoche.

Caigo en la cuenta de que no me acuerdo en absoluto de cómo volví a casa. Lo último que recuerdo es a Molly y a Ravi en la pista de baile. Y que me marché. Después... nada. Excepto... ahora que lo pienso, igual sí que me acuerdo de algo. De los sollozos de alguien... Y voces. ¿Era papá? ¿La abuela? «No hay forma de que se calme. ¿Entiendes lo que está diciendo? Creo que es algo de Stella. Pearl, tranquila, cariño, estamos aquí...»

—¿Pearl?

—Estás hablando —le digo a mamá, todavía con los ojos cerrados.

Y de pronto se me ocurre pensar que estoy en camisón. ¿Me lo puse yo? ¿O me lo tuvieron que poner papá o la abuela? Me imagino la escena. Dios mío. Qué vergüenza. ¡Me muero de la vergüenza!

Me vuelvo al otro lado y debo de quedarme dormida, porque de pronto despierto otra vez. Tengo que ir al baño como sea, pero soy incapaz de incorporarme, de manera que ahí me quedo, tumbada, pensando que jamás volveré a ser una persona normal y a la vez intentando dar forma a los brumosos recuerdos de anoche.

Al cabo de un rato se abre la puerta.

—¿Pearl?

Es mi padre.

—Mmm... —gruño debajo del edredón.

Oigo que se acerca y deja algo en la mesilla.

—Aquí tienes un vaso de agua, una pastilla de vitamina C y unos analgésicos. ¿Cómo te encuentras? —Se le nota en la voz que no sabe si enfadarse conmigo o compadecerme.

—Fatal.

—No sabes la suerte que tuviste, Pearl —me dice, sentándose en la cama—. Si Finn no te hubiera encontrado...

—¿Finn?

—Te encontró tirada en la calle, casi inconsciente. ¿No te acuerdas?

—No.

Cómo no, tenía que ser él quien me encontrara. Ya sé que debería alegrarme de que no fuera un violador o un asesino o algo así, pero ¿por qué ha de aparecer siempre Finn en el peor momento? No es que me importe lo que piense de mí. Por supuesto. Pero, la verdad, preferiría no tener que pasar por una loca peligrosa.

—Podrías haber sufrido una hipotermia. O lo que es peor, podría haberte encontrado otra persona, alguien que no tuviera tan buenas intenciones. ¿Cómo se te ocurre?

Me quedo callada.

—Me tienes muy preocupado, Pearl. Y a la abuela también. No ves a tus amigos, estás demasiado delgada, es evidente que lo estás pasando fatal...

—Estoy bien.

—Anoche mencionabas mucho a mamá...

—Papá, déjalo.

—Me gustaría que me hablaras de ella cuando te recuperes. Sabes que puedes hablar conmigo de lo que sea.

Cierro los ojos y hago como si mi padre no estuviera.

—O si no quieres hablar conmigo... —Hace una pausa—. Tal vez podrías hacerlo con alguien más... Con un profesional.

—¿Quieres que vaya a un loquero? —grazno—. Papá, anoche me emborraché, nada más. No es para tanto. Y viendo cómo me siento hoy, te aseguro que no va a volver a pasar en mucho tiempo.

—Tú piénsalo, Pearl —insiste, ya encaminándose hacia la puerta—. Ah, esta mañana he ido a casa de la vecina a dar las gracias a Finn. Es muy buen chico. La próxima semana vendrá a pintar la cocina y a hacer unos cuantos arreglos. Ya sabes lo pesada que está la abuela con lo de organizar un poco la casa.

Vaya, genial.

—El chico estaba de lo más dispuesto —prosigue papá—. Supongo que le vendrá muy bien el dinero, porque el mes que viene se va a la universidad a estudiar música. Por lo visto, tiene mucho talento. Toca el violín.

—El chelo —intento corregirle, pero lo único que me sale es un grave gemido de desesperación.

Mucho más tarde, después de otra larga cabezada, consigo levantarme y bajar a la cocina a trompicones. Sólo quiero otro vaso de agua, pero la abuela me obliga a sentarme a la mesa porque pretende que coma algo. Me bombardea con sugerencias: «¿Unas salchichas?» «¿Unos macarrones con queso?» Pero sólo me entran ganas de vomitar otra vez. Al final se conforma con darme un té dulce y un breve sermón. Como no tengo fuerzas para discutir, me quedo ahí aguantando el chaparrón mientras ella va metiéndole una especie de engrudo anaranjado en la boca a la Rata, que está en su trona.

De pronto me doy cuenta de lo mucho que ha cambiado: está más rellenita, más satisfecha, como si de alguna manera hubiera llegado a ser por fin ella misma. La abuela no calla: que si están inquietísimos por mí, que si mi padre ya tiene bastantes preocupaciones, que me quieren ayudar, pero que no pueden si yo no me dejo, blablablá. Y todo esto intercalado con el numerito de «abre la boca que viene un avión», dedicado a la Rata.

Pero sólo puedo pensar en que la Rata se está convirtiendo ya en una persona, más sólida y real, mientras que yo lo soy cada vez menos. Pienso en la chica fantasma en la ventana, mi momento de confusión sobre lo que era real y lo que no. Me siento como si de alguna manera estuviera desdibujándome, como si la persona que fui estuviera desvaneciéndose poco a poco, y un buen día despertaré y habrá desaparecido del todo.

Lo que de verdad necesito es volver a mi cuarto y dormir. Seguramente me siento así por la resaca, nada más. Pero justo cuando intento reunir las fuerzas para levantarme, suena el timbre.

—Ah, bien —dice la abuela—. Ésa es Molly.

—¿Qué? —Es la última persona a quien quiero ver.

—Sí. Ha llamado antes, preocupada por ti. Le he contado que llegaste bien a casa, y que te alegrarías de verla.

Me dirige una mirada de lo más significativa y, antes de que pueda protestar, oigo que mi padre abre la puerta, y Molly entra en la cocina.

—Hola —saluda—. Me quedé muy preocupada anoche cuando desapareciste. Quería ver si estabas bien.

—Estoy bien —contesto, aunque me siento como si tuviera doscientos años. Molly está perfecta y radiante.

—Menos mal. —Y entonces repara en la Rata—. ¡Hola, Rose! —exclama, sonriente. La Rata blande la cuchara en su dirección, muy emocionada.

—Oye —le digo, ansiosa por separarla de la Rata—, vamos a mi cuarto.

Ya en mi habitación, permanecemos sentadas en un silencio incómodo.

—¿Seguro que estás bien? ¿Estás enfadada conmigo?

—¿Por qué no me contaste que tus padres se separan?

—Porque no quería preocuparte —contesta con una sonrisa forzada—. Estoy segura de que al final todo se arreglará. Es algo temporal. Mi padre necesita un poco de espacio, nada más. Para aclararse. Ya sabes cómo es mi casa, con los niños y el maldito perro. Es de locos. Y mi madre ha estado haciendo muchos turnos de noche, lo cual todavía empeora más las cosas.

—Pero no me dijiste nada. A Ravi sí se lo contaste.

—Pero es que tú ya tienes bastante. No me parecía bien venir a llorarte con mis problemas. Y... —Se interrumpe.

—¿Y qué?

—Nada, da igual.

—No da igual.

Molly vacila.

—Es que tú no quieres hablar conmigo. Ni de tu madre ni de Rose. Y creía... Bueno, nosotras siempre hemos hablado de todo, ¿no?

Recuerdo todo lo que nos hemos contado a lo largo de los años: los secretos más íntimos, los chistes más malos...

Molly respira hondo.

—Me siento como... Siento que si lograra saber qué debo decir, o hacer, o si pudiera ser mejor amiga, tú podrías contarme lo que sientes. —Las palabras le salen ahora a borbotones—. He intentado estar a tu lado, dejarte tu espacio. Ya sé que hablo demasiado y a veces meto la pata sin darme cuenta. Quiero ayudarte. Me siento como si te hubiera fallado y no sé en qué.

Desvío la mirada.

—No me has fallado.

Noto su mirada clavada en mí.

—Te he traído una cosa. —Y me tiende un paquetito envuelto en papel de seda—. Mi madre y yo estábamos haciendo limpieza el otro día y apareció esto. Pensé que a lo mejor te gustaría.

Abro el papel y me encuentro una desvaída foto antigua en un marco, donde aparecemos Molly y yo a los cinco o seis años. Estamos en el jardín de nuestra antigua casa, con el uniforme del colegio, agarradas por la cintura y mostrando unas sonrisas melladas.

Alzo la vista al rostro preocupado de Molly. Está más guapa que nunca, se la ve algo mayor, más madura. Cuesta creer que un día fuimos esas dos niñas de la fotografía. Daría cualquier cosa por poder explicarle lo que me pasa, por sacar lo que llevo dentro, compartirlo y librarme de ello. Pero no soy capaz. Ni siquiera encuentro las palabras. Cuando busco, sólo me topo con ruido; o tal vez con silencio. Sea lo que sea, no puedo compartirlo, porque lo tengo apartado y arrinconado fuera de la vista, como hacemos con algo muy precioso o muy peligroso. No puede permitirse que salga.

Me quedo meneando la cabeza.

Molly se enjuga una lágrima con el dorso de la mano, al tiempo que se aparta el pelo de la cara, esperando que yo no lo note. Luego se levanta.

—Bueno, tengo que irme —me dice con la voz algo quebrada.

Cuando me quedo a solas miro un rato más la foto y noto las lágrimas en las mejillas. Luego la envuelvo de nuevo y la guardo donde no la pueda ver.

—¡Pearl! —me llama la abuela desde abajo—. ¿Podrías traerme las toallitas de la niña, por favor, cariño? Creo que me las he dejado en la cocina.

Sé perfectamente lo que pretende. Finn está pintando la cocina y la abuela intenta crear la situación ideal para que tengamos que hablar por narices.

—¡Cógelas tú! —le grito.

—Estoy cambiándole el pañal a Rose.

—¿No puede llevártelas papá?

—Está en el jardín.

Suspiro. Finn empezó a trabajar ayer y hasta ahora me las he apañado muy bien para esquivarlo. Ya sé que debería darle las gracias por traerme a casa después de la fiesta de la otra noche, pero sólo de pensarlo me muero de vergüenza.

Me levanto de mala gana y entro apresuradamente en la cocina, con la cabeza gacha, confiando en que esté demasiado ocupado pintando para advertir mi presencia.

—Hola —me saluda desde lo alto de una escalera.

—Hola —mascullo, intentando olvidar que la última vez que me vio iba tan borracha que no podía ni andar. Cojo las toallitas y me encamino hacia la puerta. Pero en el último momento mi conciencia me obliga a detenerme—. Oye, que gracias por traerme a casa el otro día. —Y me pongo roja.

—Ah, no fue nada. —Finn deja el rodillo en la bandeja de pintura y sonríe—. ¿Qué tal la cabeza al día siguiente?

—No muy bien —contesto, con una media sonrisa también.

Él baja de la escalera.

—Estabas... enfadada —aventura—. Muy alterada. ¿Te acuerdas?

Niego con la cabeza.

—Supongo que te vas a la universidad ya mismo, ¿no? —replico, cambiando de tema—. Te oí tocar en casa de Dulcie. Era precioso.

—Gracias —dice, bastante cortado—. Sí, me voy la semana que viene.

—¿No se supone que los estudiantes tienen que pasar el verano de mochileros por la India o algo así? ¿Cómo es que has acabado aquí?

—No tengo dinero para recorrerme la India con una mochila. Y mi abuela no estaba muy bien y necesitaba que la ayudara con la casa y el jardín. Me preguntó si quería pasar unos días con ella y me ofreció pagarme por el trabajo. Y de todas formas era mejor que quedarme en mi casa.

—¿Y eso?

—Mis padres regentan un hostal en medio de la nada. Si llego a quedarme, me habría pasado todo el verano limpiando váteres y haciendo camas. Pensé que sería más divertido estar en Londres.

—¿Y lo ha sido?

—Bueno, no conozco a nadie y no tengo dinero para ir a ningún sitio. —Me sonríe—. Pero aun así es mejor que limpiar váteres en casa. —Se calla—. Qué pena que no hayamos podido conocernos un poco mejor —añade.

Ahora también sonrío.

—Bueno, sí me conoces. Más o menos.

—Sí, supongo. Más o menos.

—Por cierto, te has manchado el pelo de pintura —le informo al salir.

Y voy a llevarle las toallitas a la abuela.

—¿Cómo es que estás tan contenta? —me pregunta ella.

—No lo estoy.

—La cocina está quedando estupenda, ¿verdad? —me pregunta, con cara de guasa.

—No sé, no me he fijado.

Septiembre

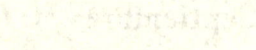

—Cómo no, tenía que ser el verano más largo y caluroso que se recuerda justo el año en que estoy demasiado muerta para ponerme morena.

Noto el cuerpo pesado bajo el sol. Paso de incorporarme, así que sólo vuelvo la cabeza y entorno los ojos para mirar a mamá, que está sentada a la sombra de un árbol cercano.

—Ay, por favor. Eso es tan... inglés.

—¿Qué quieres decir?

—Eso de quejarse del tiempo. Incluso desde el más allá.

Me clava una mirada que supongo que pretende ser asesina, pero como lleva puestas las gafas de sol, lo único que veo es mi reflejo en ellas.

—No estoy quejándome. Era sólo una observación. Una observación bastante aguda, de hecho.

—De eso nada. Estás quejándote. Del tiempo. Después te quejarás de que el autobús siempre llega tarde, y de que ya nadie respeta las colas en... el cielo... O dondequiera que sea. —Me pongo de lado para verla bien y me incorporo sobre un codo—. Vaya, dondequiera que estés.

Ella me mira por encima de las gafas oscuras.

—Y, sólo por curiosidad, Pearl, ¿para qué imaginas que la gente hace cola en el cielo?

—¡Ah! ¡Así que el cielo existe! —exclamo triunfal.

—Yo no he dicho eso.

—Entonces ¿no existe?

—Esto tampoco. Oye, ¿no deberías estar en clase?

—No. —La verdad es que me he saltado una cita con la orientadora del instituto. He estado a punto de ir, sólo para que papá y la abuela y los profesores dejaran de darme la lata. Pero cuando ya iba por el pasillo, de pronto no me ha parecido tan buena idea. Hacía un día precioso y he tenido el presentimiento de que si me iba al parque y me tumbaba al sol, aparecería mamá—. Ahora que estamos en el último curso todo es muy diferente —le informo—. Tenemos muchas horas libres, y eso.

—Ya.

No puedo resistir el impulso de volver a tumbarme al sol. La hierba es fresca y me hace cosquillas en el cuello. Cierro los ojos, sintiendo el calor en los párpados y las mejillas. Luego vuelvo a incorporarme sobre un codo.

—Oye, eso del cielo... —digo. Mamá chasquea la lengua.

—Pearl, ya te dije que no hablaría de eso.

—Si no estoy preguntándote cómo es. Lo único que quiero saber es si existe.

—Vale, me parece muy bien, pero no me lo preguntes a mí. Pregúntaselo al padre ese como-se-llame, el de mi funeral. Pregúntale a Stephen Hawking. Y luego saca tus propias conclusiones.

—Vaya, que ya sé que la cosa no va de angelitos con arpa y nubes de algodón y todo eso...

—La la la la... —Mamá se tapa los oídos con los dedos—. No te oigo.

—Pero si no es así —insisto—, entonces, ¿cómo puede ser?

Intento poner una voz indiferente, como si hablara conmigo misma, pero la miro muy atentamente para ver si tiene alguna reacción reveladora. Ella da un irritado manotazo a una mosca que le zumba cerca de la nariz.

—¿Y dónde está? —prosigo—. Vamos, que no puede estar ahí arriba, en el cielo-cielo. Es obvio. ¿O sí?

Mamá no contesta.

—¿Está ahí?

—Sí.

—¿Sí qué?

—Que sí. Que tienes toda la razón. Hay un enorme jardín mágico en el cielo, con ángeles y arcoíris y unicornios haciendo cabriolas absurdas. Y todos vamos por ahí de la mano dando saltos y cantando todo el día. ¿Contenta?

—Bueno, tampoco tienes que ponerte así.

—Pues la verdad es que sí —me replica con brusquedad—. No deberías perder el tiempo preocupándote por lo que te pasará cuando te mueras. No tiene sentido. Piensa en lo que pasa ahora. En tu vida. Eso es lo importante. Así que haz el favor de cambiar de tema, ¿quieres?

—Vale, vale —digo, algo enfadada—. Pues tengo un tema interesante del que hablar.

—A ver. Soy toda oídos.

—James. Háblame de él.

Mamá se sienta de un respingo y se sube las gafas a modo de diadema.

—¿Qué?

—James Sullivan. Mi padre.

—Sí, Pearl. Sé perfectamente quién es.

—Entonces, dime —insisto, sosteniéndole la mirada—. Háblame de él.

Ella dice que no con la cabeza, desconcertada.

—¿Y esto a qué viene?

—A nada. Es que tengo curiosidad. Y derecho a saber. Al fin y al cabo es mi padre, y tú siempre me decías que si quería saber de él podía preguntarte. Así que te pregunto.

—Pero... ¿por qué ahora? Es el peor momento para sacar el tema.

—¿Por qué?

—Bueno, ¿has pensado en cómo se sentiría papá, para empezar? Bastante tiene ya el pobre para que encima te pongas a remover las cosas y a crear complicaciones. Se sentirá herido, Pearl. Ahora mismo tu padre te necesita. Ya me ha perdido a mí y cree que está perdiéndote a ti también.

—Bueno, ése es su problema.

—¿Qué has dicho?

Está tan rabiosa que me corto un poco.

—Vaya, lo que digo es que tampoco creo que sea para tanto. Y papá tiene ahora a Rose, ¿no? Así que no me parece que le moleste tanto.

Mamá me mira como si no diera crédito a lo que oye.

—Eso es una tontería, Pearl, y tú lo sabes. Estás siendo infantil y egoísta. —Vuelve a ponerse las gafas y se reclina—. No pienso discutirlo contigo.

—Así que ya está, ¿no?

—Sí.

—Vale, pues ya lo averiguaré por mi cuenta. No necesito tu ayuda.

Me pongo en pie y me marcho, dejándola allí tumbada en la hierba.

Voy directa a casa, pensando en las excusas que le daré a la abuela cuando me pregunte por qué vuelvo tan temprano. Pero al llegar me encuentro con que se ha llevado por ahí a la Rata. La casa está vacía. Subo a mi cuarto y abro el cajón de la mesilla donde están las fotos de mamá y James. ¿Cómo será James ahora? ¿Dónde vivirá? ¿Lo sabrá mamá? A lo mejor habían perdido todo contacto. Aunque no puede ser. Mamá siempre me dijo que si quería saber de él, hablaríamos del tema. Seguro que tiene anotada su dirección en algún sitio. Pero en la caja no hay nada.

Y entonces se me ocurre una idea: su ordenador sigue en la mesa, en la habitación de la abuela.

Entro a hurtadillas, atenta a cualquier ruido en la puerta, tratando de convencerme de que no hago nada malo. Enciendo el ordenador y busco en los contactos. ¡Sí! Aquí está. James Sullivan. Vive en Hastings —¿eso no está en la costa?—, suponiendo que ésa siga siendo su dirección. Me la apunto y apago el ordenador.

Tenía razón: no necesito la ayuda de mamá. Puedo encontrarlo yo sola, si quiero.

—No te quedes ahí mirándolo como un pasmarote. Llévale un té —me dice la abuela.

Estoy junto al fregadero de la cocina, fregando los platos, y por más que lo intente, no puedo evitar que la vista se me vaya sin cesar hacia Finn. Está trabajando en el jardín, cavando, y le asoman bajo el gorro maltrecho unos mechones oscuros. Tiene la camiseta pegada y se ve perfectamente la tensión de sus músculos. Me apresuro a bajar la mirada al plato. Lo aclaro y lo pongo con cuidado en el escurridor. Pero los ojos se me van de nuevo al jardín. A Finn. A los rizos negros que se le pegan al cuello, al ritmo de sus movimientos mientras va sacando paletadas de tierra.

Ha terminado de pintar la cocina, que ya no es oscura y tétrica, sino luminosa y alegre. Ha cortado toda la glicina que colgaba sobre las puertas y las ventanas que dan al jardín, de manera que el sol entra a raudales. Papá lo ha convencido también para que adecente el jardín antes de marcharse. Dulcie nos ha dado un montón de bulbos y semillas y esquejes, y Finn va a plantar unos cuantos. Se marcha mañana.

Ahora se vuelve hacia la casa como si hubiera notado mi mirada clavada en él. En lugar de saludar, se limita a hacer un ligero gesto con la cabeza y sigue a lo suyo. Yo me apresuro a sumergir otro plato en el agua jabonosa, con la sensación, como siempre, de que me ha pillado in fraganti.

—No lo miro —le digo a la abuela—. Lo que pasa es que estoy delante de la ventana y resulta que él está al otro lado. No puedo evitar verlo. A menos que pretendas que me ponga a fregar con los ojos vendados.

—Uy, mucho protestas tú —me replica con una mueca sarcástica—. Ve a llevarle un té, anda.

• • •

Finn está totalmente absorto en su tarea y no me presta la más mínima atención.

—Te traigo un té —le digo, sonrojándome.

—Ah. Gracias.

Espero a que añada algo, pero se limita a beber un sorbo y a continuación deja la taza y sigue a lo suyo. Coge un rastrillo que hay apoyado en la pared y se pone a trazar un surco con él.

—¿Qué estás haciendo?

—Esto es un surco —me explica, señalando el que acaba de cavar, como si hablara con una niña pequeña—. Aquí voy a plantar esas semillas. Esto lo hacía de pequeño con mi abuela. —Abre un sobre de semillas, se echa unas cuantas en la mano y luego va cogiéndolas a pellizcos para esparcirlas en la tierra—. De niño me parecía magia —prosigue—. Enterrábamos las semillas, y cuando volvía en las siguientes vacaciones... —Alza un sobre con la fotografía de un batiburrillo de flores rojas y naranja.

Me fijo en las semillas secas y grisáceas, en la tierra negra, y de nuevo en las vistosas flores de la ilustración.

—A mí todavía me parece magia —le digo con una sonrisa—. Eres un mago.

—Oye... —me llama cuando ya estoy volviendo a casa.

—¿Qué?

—No te apetecerá que salgamos luego, ¿no? —me pregunta, sin mirarme—. Como ésta es mi última noche...

—Ah. No. No puedo, lo siento —contesto sin pensarlo.

Él parece desconcertado y muy cortado.

—Ah, bueno. Vale. Se me había ocurrido...

—Lo siento —repito.

Y me apresuro a entrar en casa, con las mejillas ardiendo.

. . .

La abuela sigue en la cocina, con expresión muy satisfecha. Sé que nos estaba observando.

—¿Qué? —le pregunto por fin, aunque un poco distraída porque sigo pensando en Finn.

—No, nada —miente ella, y me sonríe como si ambas compartiéramos un secreto—. Es un chico estupendo, ¿verdad?

—Si tú lo dices... —le replico, mientras me sirvo un vaso de agua.

—Y va a entrar en una de las mejores escuelas de música del país, dice tu padre. Toca el chelo, por lo visto —añade, levantándose para tirar la basura.

—Ah, bueno. —Hago una mueca a la Rata, que está en su sillita comiéndose el puño—. Entonces no hay duda de que es un chico estupendo.

La Rata gorjea.

Y me sonríe.

Me sonríe. A mí. La cara le cambia por completo. Parece una persona y todo. Está contenta.

Está contenta de verme.

Me pongo de pie, mirándola fijamente. Es como si algo me oprimiera el pecho. No puedo respirar.

—Para. —Quiero gritárselo, pero sólo me sale un susurro—. Para.

Y el vaso, que se me ha olvidado que llevo en la mano, se me cae y se hace añicos contra el suelo. La Rata se sobresalta y se echa a llorar. Su sonrisa desaparece, su carita se frunce, congestionada. Me arrodillo para recoger los cristales con manos temblorosas y voy poniéndolos sobre un periódico en la mesa. De pronto me doy cuenta de lo mucho que me duele la mano y, cuando la abro, la veo llena de sangre.

. . .

Mi padre sube a verme cuando vuelve del trabajo. Es tarde y ya estoy en la cama.

—Me ha contado la abuela que te has hecho un buen corte —dice, preocupado—. Que tenías que haber ido al hospital a que te dieran unos puntos.

—No ha sido nada —contesto, moviendo la mano vendada—. La abuela, que es una exagerada, como siempre.

Él se sienta en la cama.

—¿Qué? —le pregunto.

Parece bastante incómodo.

—Ha sido un accidente, ¿no?

Me acuerdo de cuando la abuela me ha limpiado el corte con agua hervida. La sangre me manaba como una flor exótica.

—¿Qué quieres decir? ¿Crees que lo he hecho a propósito?

—¿Ha sido a propósito?

—No. Claro que no. Ha sido sin querer.

Mi padre me mira a los ojos. La luz de la mesilla resalta sus ojeras. Parece muy cansado.

—Vale. —Y me besa en la frente.

Cuando se marcha, me pongo a pensar en lo mucho que me afectó que me gritara aquella vez, de pequeña, porque había salido corriendo a la carretera. No estaba segura de si lloraba por el susto que me había dado el coche, por los gritos de papá o porque sabía que lo había disgustado. Él me abrazó entonces tan fuerte que me hizo daño, pero no me importaba, porque me sentía a salvo.

—Prométeme que nunca más volverás a hacerlo —me dijo—. ¿Qué haría yo sin mi Pearl?

En la habitación de al lado, la Rata se echa a llorar. Mi padre entra a consolarla y todo queda en silencio. Al cabo de un rato oigo que le está cantando para dormirla.

¿Por qué tuvo que estropearlo todo? ¿Por qué quería otro hijo? Ya me tenía a mí. ¿No le bastaba?

Apago la lámpara de la mesilla y me tumbo en la oscuridad. Quiero dormir, pero me pongo a pensar en Finn.

¿Por qué le he dicho que no? Mañana se habrá marchado y es probable que no vuelva a verlo.

De todas formas, ¿qué importa? Da exactamente igual.

Presiono un poco la venda blanca y me duele tanto que me pitan los oídos.

Octubre

—Pearl, ¿puedo hablar un momento contigo, antes de que te vayas?

La señora S me sonríe mientras Molly y los demás van saliendo del aula. Yo intento sonreír también. Creo que sé por qué quiere hablar conmigo.

—Me alegro mucho de que hayas decidido seguir con la literatura. ¿Qué te parece, de momento?

—Bien.

—¿Y cómo va todo en casa? ¿Qué tal se encuentra tu hermanita?

—Bien.

—¿Y tú? ¿Cómo estás tú, Pearl?

—Bien.

—¿Estás segura?

—Sí.

—Es que veo que ya has faltado a un par de clases, y eso que sólo hace unas semanas que has vuelto. He pensado que igual tenías algún problema...

—No —contesto, estrujándome las neuronas en busca de alguna excusa—. Lo siento. Es que tenía que ayudar con la niña.

—Pero tu padre me dijo que ahora estaba tu abuela cuidando de ella, ¿no?

—Sí, pero está muy mayor y a veces no puede con todo. —Reprimo una sonrisa al imaginarme la cara de la abuela si me oyera.

—Ya. Bueno, de todas formas es importante que no faltes a las clases, Pearl. Sería un problema que te quedaras atrás.

—Ya lo sé.

—Dime, ¿te parece que vas siguiendo el ritmo?

—Sí.

Me taladra con la mirada. El señor S siempre decía: «Para engañar a mi mujer hay que ser todo un especialista. Lo sé por experiencia.»

—Bueno —me dice ahora—, si alguna vez quieres hablar de lo que sea, ya sabes dónde estoy.

—Tengo que ir a mi siguiente clase.

Molly me espera en el pasillo. Está muy pálida. No levanta cabeza desde que Ravi se marchó a la universidad hace un par de semanas.

—¿Qué quería? —me pregunta mientras bajamos la escalera.

—Bah, nada. Saber por qué falté a clase.

—¿Y qué le has dicho?

—Que tenía que encargarme de la niña.

—Pero no es verdad, ¿no?

La miro, sorprendida. Es la excusa que le di también a ella. No tenía ni idea de que no se la hubiera tragado. ¿Cuánto tiempo hace que sabe que le miento? ¿Desde principios del trimestre? ¿Desde que murió mamá?

—Pues claro que sí. ¿Por qué iba a mentir?

—No lo sé. ¿Cómo iba a saberlo? Ya nunca hablas conmigo —me dice, con voz un poco temblorosa. Luego echa a andar y me deja allí plantada.

Estamos a mediados del trimestre, y la abuela me ha dejado a cargo de la Rata mientras ella va al dentista.

—Si vas a estar aquí metida en casa sin hacer nada, también puedes hacer algo útil —me ha espetado—. Hace semanas que tengo un dolor de muelas horrible. Sólo tardaré una hora, más o menos.

Yo me quejo, como corresponde, pero tampoco es para tanto. La Rata ya no llora como antes. Todavía no gatea, así que sólo tengo que sentarla en su alfombra de juegos, apoyada en un cojín y rodeada de los tropecientos mil juguetes que le ha comprado la abuela, y ella se entretiene sola mientras leo una revista. Pero el caso es que me distraigo sin parar con las cosas que hace: parlotea sola, emite ruiditos y risitas de emoción cuando coge los juguetes, los muerde, los hace entrechocar... Ha cambiado mucho.

Me acerco al ventanal. Las nubes están muy bajas y el viento arranca las hojas de los árboles y sacude los cristales. Me estremezco. Y entonces advierto el cartel que hay en la casa de Dulcie: «SE VENDE.» Lo miro, acordándome de lo bien que se portó conmigo en verano. Apenas la he visto desde entonces. Papá dice que no ha estado muy bien de salud. Si se muda de casa no volveré a ver a Finn, pienso. Pero me desprendo de esa idea. ¿Qué importa?

Me acuerdo de cuando estaba trabajando en el jardín, de las semillas, de las vistosas flores del paquete. Los colores parecen imposibles un día tan gris como hoy. ¿Qué estará haciendo ahora?

Igual me acerco a ver a Dulcie. Y le llevo a la Rata. Eso le gustará.

De manera que cojo a la niña y le pongo el abriguito.

Cuando Dulcie me abre, me llevo un susto al ver lo delgada que está y lo agotada que parece. Tiene la piel casi traslúcida. Pero ella me sonríe, y sus ojos son tan azules y brillantes como siempre.

—¡Pearl! —exclama—. ¡Y la pequeña Rose! ¡Qué sorpresa!

Nos hace pasar, y empiezo a preparar un té mientras ella juega con la Rata en su regazo.

—Se muda —le comento.

—Sí. Tenía que llegar el día, me temo. No me encuentro muy bien, y esta casa es demasiado para mí. Me voy a una residencia después de Navidad.

—Vaya, lo siento.

—Sí, yo también —dice, esbozando una sonrisa triste.

—¿Qué tal está Finn? —le pregunto, fingiendo indiferencia.

—Ah, muy bien. Se lo está pasando de miedo.

Me esfuerzo por sonreír.

—Estupendo.

Aguardo un momento, esperando que me diga que vendrá a verla pronto, o que ha preguntado por mí. Pero nada.

No nos quedamos mucho porque me doy cuenta de que Dulcie está agotada.

—Sí que ha crecido —me comenta cuando me tiende a la Rata en la puerta—. Se parece mucho a ti, ¿eh?

—¿A mí?

—Sí. ¿No lo ves?

—Pues no.

—¡Es Molly, al teléfono! —me grita papá desde abajo.

Me sorprende, porque creía que iría a ver a Ravi durante las vacaciones. Y también que ya se había hartado de llamarme.

—Parece bastante disgustada —me susurra mi padre cuando me tiende el auricular.

—Oye, ¿podemos quedar luego en el parque? —pregunta Molly.

—Pues... —Intento dar con una excusa—. No sé...

—Por favor, Pearl. Tengo que hablar contigo.

Se me cae el alma a los pies. Pero Molly parece desesperada, y además la abuela me da una tabarra horrorosa con eso de que paso demasiado tiempo encerrada en mi cuarto. «No es normal en una chica de tu edad. Deberías estar por ahí con tus amigos, divirtiéndote. No puedes pasarte todo el santo día sin hacer nada.» A ver si así por lo menos se calla.

Molly me espera en la puerta del parque. Tiene los ojos rojos y está un poco congestionada; no sonríe al verme.
—¿Vamos a tomar algo? —le sugiero.
Ella ladea la cabeza para decir que no.
—Prefiero pasear.
El sol ya está poniéndose y empieza a hacer frío, pero echamos a andar por un sendero flanqueado de árboles, con las manos en los bolsillos. Los árboles se alzan en medio de charcos de hojas rojizas y anaranjadas, encendidos como hogueras por los últimos rayos. Nuestras sombras se proyectan, finas y alargadas, ante nosotras.
Espero a que Molly me cuente, pero no suelta prenda. Debe de haber pasado algo con Ravi. Habrá roto con ella. Ya sé que está muy mal, pero no puedo evitar alegrarme un poco. Ravi no era el chico que más le convenía.
Seguimos andando colina abajo, más allá de los columpios. El aliento se nos condensa en nubecitas blancas.
—¿Te acuerdas de cuando veníamos aquí, de pequeñas? —me pregunta Molly, deteniéndose junto al lago—. Mis padres nos traían en verano, los domingos por la tarde. O nos llevaban a la glorieta para hacer un picnic.
—Sí, me acuerdo. Y en invierno volábamos las cometas y luego nos íbamos al quiosco del parque a tomar un chocolate. Parece que fue hace mil años, ¿verdad?
Molly no contesta, y cuando la miro veo que tiene lágrimas en los ojos.
—¿Qué pasa, Molls? —le pregunto, intentando disimular mi impaciencia—. Por favor, no me digas que es Ravi, porque si se le ha ocurrido irse con otra es que no hay justicia en este mundo.
—¡No! —exclama, sobresaltada—. ¡Qué dices! Ravi nunca haría eso. —Pero no deja de llorar.

—¡Ay, Dios mío! No estarás embarazada, ¿verdad?
—No, no es nada de eso.
—Entonces ¿qué?
—Son mis padres. —Y entonces le sale todo a borbotones—. Mi padre se ha marchado de casa. Para siempre. No va a volver. Van a divorciarse.
—Oh.
No puedo decir que me sorprenda, la verdad.
—Resulta que mi padre tenía una aventura con alguien de la oficina de Swindon, ¿te lo puedes creer?
Pues resulta que sí, que me lo puedo creer. Nunca me ha hecho mucha gracia el padre de Molly. Mamá siempre decía que era un indeseable. Su madre en cambio es estupenda, y siempre se la ve muy cansada y estresada. A pesar de todo, procuro mostrarme comprensiva, porque sé que a Molly se le cae la baba con su padre. Y por lo menos esta vez está contándomelo a mí y no a Ravi.
—Lo siento mucho.
Seguimos caminando en silencio.
—Es que no me lo creo. No me creo que haya hecho una cosa así. Al principio me quedé como atontada, y ahora no puedo dejar de llorar.
Me está poniendo de los nervios. Ya sé que lo está pasando mal, pero vamos, tampoco es que sea el fin del mundo.
—A lo mejor es para bien.
Molly se para en seco y abre unos ojos como platos.
—¿Cómo?
—Que a lo mejor es algo positivo.
Jamás había visto a Molly tan furiosa. De hecho, nunca la había visto ni siquiera enfadada. Pero ahora sí lo está.
—¡¿Cómo puedes decir eso?! —me grita. Un par de madres que van con sus cochecitos delante de nosotras se vuelven con expresión de reproche—. Mi madre está destrozada. Los niños no pueden dormir por la noche. Y yo soy la que tiene que mantener el tipo.
—Sólo quería decir...

—Debería haberme imaginado que responderías así.
—¿Así, cómo?
Molly se lo piensa un momento, buscando las palabras adecuadas.
—Así de fría. No sé ni por qué me sorprendo. Así es como eres ahora. Ya no eres la Pearl que yo conocía. Pareces otra persona. —Menea la cabeza—. Estás tan... distante. Nada te afecta, ¿verdad? Ya no te importa nada ni nadie. Creía que después de todo lo que has pasado, podrías entenderme. Que sabrías cómo me siento...
—¿De verdad pretendes comparar la muerte de mi madre con el hecho de que tu padre se largue con una fulana de Swindon? —replico, perdiendo ahora yo los estribos.
—No.
—Bien. Porque tú jamás entenderás cómo me siento.
—No, supongo que no. Porque por muchas veces que te lo pregunte, o que intente ayudarte, no haces más que rechazarme. Tengo la impresión de que ni siquiera te conozco.
—Yo nunca volveré a ver a mi madre, así que no esperes que se me hunda el mundo sólo porque tu padre no sepa tener la braguera cerrada.
Molly me acerca mucho la cara. Está temblando, y por un momento pienso que me va a dar una bofetada.
—Por lo menos tu madre no te abandonó de forma voluntaria —susurra, con lágrimas en las mejillas. Y entonces da media vuelta y se aleja en la penumbra del atardecer—. ¡Ravi tenía razón sobre ti! —me grita por encima del hombro.
—¿Por qué? ¿Qué dijo?
Pero Molly no contesta.

Estoy tan enfadada que no hago más que rememorar la discusión una y otra vez. ¿Cómo se atreve? Pero ¿cómo se atreve? Tiemblo de furia y también de frío. El cielo oscurece cuando el sol se hunde detrás de las casas al otro lado del parque. Aquí ya no queda nadie, pero yo sigo andando por los senderos y avenidas, sin saber adónde voy y sin que me importe.

Por fin llego de vuelta al parque infantil, que ahora está desierto. Todo está en penumbra y sopla un viento helado. Me da igual. Me siento en un columpio y me empujo con los pies para ver si el movimiento me calma. Las cadenas metálicas son como hielo en mis manos, pero la sensación de dolor me resulta satisfactoria.

Echo atrás la cabeza mientras me columpio, adelante y atrás, adelante y atrás, hasta que me mareo. En el cielo ya despuntan las primeras estrellas.

—Qué bien se está aquí.

Doy un respingo al oír su voz. Mamá está sentada en el columpio más alejado de mí.

—Ah. Hola.

—¿Todo bien?

Me acuerdo de la cara que tenía Molly justo antes de marcharse.

—Pues claro. ¿Por qué no iba a ir bien?

Miro a mamá para ver si se lo traga, pero en la oscuridad no veo su expresión.

—Pues no sé, Pearl. A lo mejor porque estás sola en un parque infantil en plena noche...

Sé que espera una explicación, pero yo sigo columpiándome.

—...Sin abrigo...

—No es plena noche.

—...Aunque estamos a bajo cero...

—¿Por qué eres siempre tan exagerada? —le espeto—. Ya sé que te parece muy gracioso, pero no tiene ninguna gracia.

—Ah.

—Es de lo más infantil.

Mamá enciende un cigarrillo y se queda un rato callada, hasta que me planteo si no me habré pasado un poco.

—Vaya, menuda regañina —dice por fin, con la cara todavía en sombras.

—Lo siento —me disculpo—, pero es que te pones muy pesada conmigo.

—¿Es que no puedo preocuparme por ti?

—Siempre me estás atosigando. Siempre haciéndome preguntas.

—Porque no me cuentas lo que pasa de verdad —replica con cautela. La precisión y el peso de sus palabras ocultan la emoción que hay tras ellas, sea cual sea—. Nunca me dices la verdad.

Da una calada, y el ascua ambarina del cigarrillo brilla. Yo respiro hondo.

—Ya te lo he dicho: todo va bien.

Nos quedamos en silencio en nuestros columpios, sin mirarnos siquiera.

—Sí que me lo has dicho. Y yo sé que no es verdad.

—¿Cómo lo sabes?

—Porque soy tu madre, Pearl.

Reflexiono un momento. En realidad tengo ganas de contárselo todo. Lo de Molly, lo de papá, lo del instituto, lo de la Rata... Todo es un desastre. Tengo ganas de decirle lo pequeña y lo solitaria que es mi vida sin ella.

—Bueno, pues te equivocas. Estoy bien.

Cierro los ojos y siento el frío en los párpados. Mamá no dice nada. Vuelvo a echarme atrás y noto unas lágrimas calientes que desdibujan las estrellas.

De pronto me incorporo y freno el columpio con el pie.

—¿Mamá?

Pero no necesito mirar para saber que su columpio está vacío, todavía balanceándose en el frío de la noche.

Noviembre

Tengo en la mano el papel con el número de teléfono de James, y un nudo en el estómago. He esperado a que fuera sábado por la mañana y mi padre y la abuela salieran con la Rata. Se han ido a ver a un primo de papá que ha venido a Londres a pasar el día, así que tardarán una eternidad en volver. Sin duda la Rata va a hincharse de carantoñas.

Me subo el teléfono al cuarto, y desde la cama me pongo a marcar. Pero, ya con el dedo en el último número, me detengo. ¿Qué le digo si contesta? Intento imaginármelo. «Hola, ¿eres James? Soy Pearl...» ¿O debería decir «tu hija, Pearl», para dejar las cosas claras? No creo que conozca a ninguna otra Pearl, pero igual sería mejor aclarárselo, para evitar malentendidos o situaciones violentas. ¿Y luego qué? A lo mejor en cuanto oiga su voz se me ocurre qué decir. O a lo mejor se lleva una alegría y se pone a hablar él. Igual ha estado siempre esperando esta llamada y hace años y años que tiene un montón de cosas que decirme. O puede que se produzca una de esas pausas horrorosas en las que nadie sabe qué decir y que se prolongan y se prolongan...

Tiro el teléfono sobre la cama. No seré capaz de llamar. Podría escribirle, así pongo en orden mis ideas y las anoto como es debido y luego quedo estupendamente.

Me acerco a la ventana. Hace un día espantoso. El viento azota las ramas desnudas de los árboles y se filtra por las rendijas de los cristales de las ventanas. En el South Bank estarán congelándose. Sonrío al imaginarme a la abuela chasqueando la lengua con desaprobación mientras el vendaval alborota su impecable peinado.

En ese momento oigo la puerta de Dulcie, veo que Finn sale de la casa y me precipito escaleras abajo.

—*Hector*, nos vamos de paseo. —El perro sale disparado de la cocina. Le pongo la correa, me pongo yo el abrigo y nos marchamos.

Hector trota a mi lado, sorprendido y encantado con este inesperado giro de los acontecimientos. Al llegar a la calle, aminoro el paso e intento fingir sorpresa cuando casi nos damos de bruces con Finn.

—Ah. Hola.

Él alza la vista y me parece ver un atisbo de sonrisa.

—Hola —me saluda—. ¿Cómo estás?

—Bien. —Advierto que lleva un ramo de flores y se me cae el alma a los pies.

Flores. Va a ver a una chica. Y le lleva flores.

Bueno, ¿y qué? ¿A mí qué más me da? Estamos en un país libre. ¿Qué me importa? *Hector* tira de la correa gimiendo, desesperado por seguir con el improvisado paseo.

—¡Calla, *Hector*! —exclamo de malhumor, todavía mirando las flores de Finn. Son rosas muy rojas, de un tono tan encendido que se me queda grabado en las retinas y las veo incluso cuando parpadeo.

—Son para mi abuela —se apresura a explicarme—. Ha tenido que ir otra vez al hospital. Acabo de cortarlas del jardín, pensando que la animarían un poco.

—¡Vaya! —exclamo, intentando disimular mi alivio—. Pobre Dulcie. ¿Está bien?

—Pues la verdad es que no. Lleva ya un tiempo bastante enferma y... —Finn desvía la vista—. Bueno, que no va a mejorar.

—Lo siento mucho —digo inútilmente.

Él asiente con la cabeza.

—Tengo que irme. Esta noche me quedaré en la casa, así que no te preocupes si ves la luz encendida. Mi madre vendrá más tarde también, en cuanto pueda salir del trabajo. Vamos a pasar aquí unos días para dejarlo todo organizado.
—Vale. Dale a Dulcie un beso de mi parte, ¿quieres?
—Claro.
—¡Ah! Acabo de acordarme. No se pueden llevar flores al hospital.
—¿Cómo?
—Que no te dejan. Por no sé qué norma de salud y seguridad. —La abuela había enviado un ramo gigantesco de flores para la Rata cuando estaba en el hospital y papá tuvo que traérselo a casa. Allí se quedó, envuelto en su celofán en el recibidor, hasta que se puso marrón y se secó y hubo que tirarlo.
—Ah. Vaya. —Finn se ha quedado tan chafado que por un momento parece que va a echarse a llorar y todo—. Toma, quédatelas tú —me dice de pronto, tendiéndomelas con brusquedad.
Noto que me pongo como un tomate.
—¿Seguro?
—Cógelas —insiste—. Nos vemos.
—Hasta luego.
Hector tira de mí con el morro pegado al suelo, siguiendo el rastro de sabe Dios qué. Seguramente no volveré a ver a Finn. ¿Qué importa?, me digo. Ya nada importa.
Pero al tiempo que lo pienso, doy media vuelta tirando de *Hector*. Finn está cruzando la calzada.
—Esta noche hay fuegos artificiales en el parque —balbuceo, poniéndome más colorada que las rosas—. No querrás ir, ¿verdad?
Él se muestra tan sorprendido que creo que va a decir que no. Pero luego sonríe.
—¡Claro! —contesta, con la cara vuelta hacia mí.
Me doy la vuelta sonriendo. *Hector* me observa ansioso.

—Anda, vamos —le digo—. Ya que estamos aquí, demos ese paseo.

Calle abajo, el viento me aguijonea, pero no me importa.

En cuanto se entera de que voy a salir con Finn, la abuela deja de refunfuñar por que me haya negado a ir con ellos al Támesis a morir congelada. Lleva toda la semana protestando por los fuegos artificiales, por el terror que le dan a *Hector*, pero ahora de pronto parece que, al fin y al cabo, no son tan malos.

—Desde luego, con esa pinta no puedes ir —me advierte al verme bajar con mis vaqueros y mi parca.

—Vamos a ver los fuegos, ¿qué quieres que me ponga, un vestidito negro con tacones de aguja?

Ella niega con la cabeza, desesperada.

—Por lo menos deja que te maquille.

—No es una cita romántica.

—Pues claro que no.

Se la ve tan satisfecha consigo misma que me pongo el gorro de lana de mi padre sólo para irritarla, aunque me lo quito en cuanto salgo por la puerta.

En el parque hace un frío de muerte, y está atestado de gente con gorros y bufandas y tubos fluorescentes y bengalas. Yo venía un poco nerviosa por la cita, y al principio los dos estábamos bastante cortados, pero enseguida nos hemos relajado. Vemos los fuegos artificiales entre exclamaciones de emoción: enormes flores se abren en el despejado cielo nocturno. Parece magia, y me siento de nuevo como una niña, absorta en el momento.

—Se te ve contenta —me dice Finn—. En realidad nunca te había visto contenta.

Entonces me doy cuenta de que me estaba mirando a mí, no los fuegos.

—Es que lo estoy.
Me coge la mano y no me suelto.

En el camino de vuelta apenas hablamos. A medida que va disolviéndose la multitud, Finn parece sumido en sus pensamientos y avanzamos en silencio, pero ya no nos resulta incómodo. Me siento bien y no dejo de sonreír. Sin embargo, cuando me vuelvo hacia Finn, lo veo serio.
—¿Estás pensando en Dulcie?
—Sí. —Se sorprende—. ¿Cómo lo sabes?
—Porque se te ve triste.
—Lo siento.
—No te preocupes.
Él se aparta el pelo de los ojos.
—Es que es muy duro ver envejecer a alguien a quien quieres.
—Más duro es no tener ocasión de verlo envejecer.
—Ya lo sé —me contesta, con un apretón de mano.
Al pasar delante del puesto de patatas fritas, el olor de las patatas y el vinagre impregna la fría noche.
—¿Quieres unas patatas? —me propone—. Me muero de hambre.
Resulta que yo también tengo hambre, menuda sorpresa. Compartimos una bolsa por el camino.
Al llegar a casa nos detenemos junto a la farola, bañados en su luz dorada y rodeados de la oscuridad de la noche.
—Gracias. Se me había olvidado lo que era estar contenta.
Él me aparta con dulzura el pelo de la cara para vérmela bien.
—La primera vez que nos vimos, cuando me gritaste por la tapia del jardín, ¿te acuerdas?
—Sí. —Todavía me pongo colorada al pensarlo.
—Le estabas gritando a tu madre, ¿verdad?
Yo vacilo un momento.

—Sí.

Finn me mira a los ojos y es como si estuviera leyéndome la mente, como si viera lo más hondo, lo que nadie ve. No puedo respirar.

Y entonces me besa.

Y el mundo se pierde en la distancia y todo desaparece excepto él y yo, sus labios y los míos, su mano en mi cuello, su calor en mi cuerpo. Yo también lo beso.

—¡No! —exclamo, apartándome.

—¿Qué pasa?

—Tengo que irme. Tengo que irme.

Y echo a correr por el sendero hacia la casa.

—¡Pearl!

Pero no miro atrás. Me saco las llaves del bolsillo, entro y cierro de un portazo. Me quedo apoyada contra la puerta, jadeando en la oscuridad, y me doy cuenta de que estoy llorando.

Arriba se oye un ruido, la luz del rellano se enciende.

—¿Pearl? ¿Eres tú?

La abuela aparece en la escalera, con su bata china de seda bordada, estilo estrella de cine de los años veinte, y una mascarilla de crema en la cara y el cuello.

—Iba a acostarme ahora mismo. —Al acercarse ve que estoy llorando—. Pero, cariño, ¿qué te pasa? ¿Qué ha pasado? ¿Habéis discutido? ¿Finn no te habrá...? —Y deja el resto de la frase a mi imaginación.

—No, no, nada de eso —contesto, mientras me enjugo las lágrimas con la manga.

—Entonces, ¿qué ha pasado? Es evidente que te ha dado algún disgusto.

—No.

—Pero algo ha pasado...

—No. No ha pasado nada.

Mi abuela frunce el ceño y me coge la mano.

—Ay, Pearl. Mira, tienes derecho a ser feliz. No pasa nada.

—Sí que pasa —le replico, meneando la cabeza—. Sí que pasa.

Le aparto la mano y corro escaleras arriba.

Entro en el baño para echarme agua fría en la cara. Me miro al espejo. Se me ve cansada, ojerosa, pálida, delgada. Pero sigo siendo la misma que antes de que muriera mamá. No me parece bien: debería estar distinta, totalmente cambiada. Me aparto el pelo de la cara, como ha hecho Finn. ¿Qué habrá visto al mirarme? ¿Me considera guapa?

El rostro de mamá aparece en el espejo detrás de mí.

—Eres muy guapa, Pearl —me dice—. Por favor. La abuela tiene razón. Quiero que seas feliz.

—Eso no depende de ti —susurro.

Hay unas tijeras de uñas a la vista, y sin pensar lo que hago empiezo a cortarme el pelo. Lo tengo muy largo y fuerte, y me lleva mucho tiempo. Cuando termino, la persona que veo en el espejo se parece más a cómo me siento por dentro.

—Hala. —Me vuelvo hacia mamá—. Ya no estoy tan guapa.

Pero mamá ya no está.

—Pearl. Pasa, pasa.

La señorita Lomax me dedica una sonrisa tranquilizadora al recibirme en su despacho.

—Siéntate. ¿Quieres un café? Yo me estoy tomando uno.

—No.

—¿Unas galletas? Han quedado unas cuantas de una reunión aburridísima a la que acabo de asistir.

Niego con la cabeza. Me imagino que todo este rollo es para que me sienta a gusto, como si esto fuera a ser una charla amistosa.

Me siento al borde de la silla.

—Bueno, Pearl. —Da otro sorbo al café y me sonríe, comprensiva—. ¿Qué tal te va?

Me encojo de hombros.

—No, en serio. —Se aparta el pelo de la cara. Lleva demasiada laca y toda la melena se le mueve como si fuera un bloque sólido—. Cuéntame. No es un formalismo. Quiero saber de verdad cómo estás.

Me miro las manos. Están muy huesudas, y las uñas se ven azuladas.

Ella suspira.

—Pearl, ya sé lo duro que debe de ser para ti todo esto.

Tengo un trozo astillado de uña. Me lo toqueteo, doblándolo a un lado, a otro, tirando de él. Duele un horror.

—De verdad que lo sé.

Sí, claro, claro. Pero...

—Pero el caso es, Pearl, que hay cosas ante las que no se puede hacer la vista gorda.

Está esperando que diga algo, pero guardo silencio.

—Todos comprendimos que en las primeras semanas te costara mucho concentrarte. Es normal. Y fue un gran mérito que aprobaras los exámenes con buenas notas y todo.

En el borde de su taza hay una fea mancha de carmín. Cuando Molly pasó por aquella fase vegana extrema, me contó que las barras de labios se hacen con grasa de cerdo y escarabajos machacados. En aquel momento no me lo creí, pero igual era verdad.

—El caso es que esto no puede seguir así de forma indefinida, Pearl. Hemos sido pacientes y comprensivos durante meses ya, pero llega un momento en que este comportamiento es sencillamente inaceptable. No puedes seguir faltando a clase sin esperar consecuencias.

Tiro del trozo roto de uña con tal fuerza que me lo arranco. Me dejo la piel de debajo en carne viva y ardiendo de dolor.

—Yo no espero nada.

—Mira, eres una chica inteligente, Pearl. Pero si no cambias pronto de actitud —aquí hace una pausa dramática y me clava la mirada para dejar claro que está hablando muy en serio—, podrías retrasarte muchísimo. Incluso podrías arriesgarte a suspender las pruebas de acceso.

Ahora sí que me echo a reír. No puedo evitarlo. ¡Las pruebas de acceso! Las causas de la Segunda Guerra Mundial y *Orgullo y prejuicio*. Me parto. De verdad espera que me importe todo eso.

Ella se enerva. No le gusta que se rían de ella, así que intento contenerme.

—No es cosa de risa, Pearl. Estamos hablando de la universidad, de tu carrera. Todo podría depender de eso. Todo tu futuro.

—Da igual.

—¿Cómo que da igual?

Casi me da pena la mujer. De verdad no tiene ni idea. ¿Por dónde empezar? ¿Cómo le explico que todo esto —no sólo los exámenes y la universidad, sino todo, todo, ver la tele y depilarte las cejas y las amistades y las ambiciones y el amor—, todas estas cosas no son más que distracciones de las que nos rodeamos para ignorar la realidad de que en cualquier momento puede pasar cualquier cosa? La fiebre porcina, una guerra nuclear, un rayo, un meteorito que acabe con todos nosotros como con los dinosaurios...

Nada importa.

—Nada, déjelo. —Me siento muy vieja.

Ella aprieta los labios hasta que se convierten en una fina línea escarlata. ¿Cómo se llamará su barra de carmín? *Pasión*, o algo así, algo pretencioso y sugerente, eso elegiría ella. Supongo que la señorita Lomax se cree que está buenísima, con esos tacones altos y esa blusa que le transparenta el sujetador.

—Mira, Pearl, creo que contigo hemos sido más que comprensivos, pero empiezo a pensar que estás abusando de nuestra paciencia. Llega un momento en que ya no es una cuestión de duelo, sino de mal comportamiento. Si no cambia tu actitud, no tendré más remedio que llamar a tu padre. Y puede que debamos emprender acciones más serias.

Ahora estamos llegando al meollo. Se acabó lo de la Charla Amistosa. De pronto esta mujer ya no me da pena.

—¿Se cree que me importa? ¿De verdad se cree que importa lo que usted haga?

Esto no le gusta nada. Está acostumbrada a imponerse.

—No seas infantil, Pearl —me espeta, irritada—. Me refiero precisamente a este comportamiento inmaduro, esta búsqueda constante de atención. Estoy segura de que no es lo que tu madre querría.

El aliento se me queda atascado en la garganta.

—Usted no conoce a mi madre —le suelto, y me ruborizo como una idiota—. No la conocía.

—No, pero lo que sí sé es que no querría esto... Tu madre no querría que estuvieras regodeándote en la autocompasión. Querría que siguieras adelante con tu vida.

Me fijo en su cara, sin oír lo que me dice, en su estúpida boca pintarrajeada con grasa de cerdo y escarabajos.

—Bueno, Pearl, ¿no tienes nada que decir?

—Sí, que tiene pintalabios en los dientes. Y que todo el mundo sabe que se está tirando al señor Jackson.

Ella se pone como un tomate.

—Bien, ya basta. Fuera de mi despacho.

—Será un placer. —Cojo el bolso y me dirijo a la puerta. Me martillea el corazón, pero es una sensación agradable.

—Voy a convocar una reunión con tu padre lo antes posible.

Al final decido no dar un portazo y dejo la puerta abierta de par en par.

Diciembre

Llaman a la puerta de mi cuarto.

—¿Puedo pasar? —Es mi padre, que pretende hacer las paces—. Te traigo un té.

La semana pasada tuvimos una discusión monumental por lo del instituto. La señorita Lomax nos convocó a los dos para hablar de mi «comportamiento». Papá fue. Yo no.

Cuando volvió me dijo con un suspiro:

—Mira, Pearl, he hecho todo lo posible. Le he dicho a la señorita Lomax que en realidad eres una buena chica, y que estabas pasando una época muy difícil. Y que cuando tuvieras tiempo de reflexionar un poco estaba seguro de que entrarías en razón y pedirías disculpas.

—No pienso disculparme. Y tampoco volver. Voy a buscar un trabajo.

—No sé para qué me molesto —replicó él.

—Yo tampoco.

Y desde entonces no hemos vuelto a hablarnos.

Ahora se sienta a mi lado en la cama.

—No puedes quedarte aquí encerrada toda la vida. No quiero que discutamos. —Suspira—. Mira, vamos a olvidarnos del instituto y demás. Ya hablaremos de ello más adelante, cuando hayamos tenido tiempo de calmarnos y pensar un poco.

—Yo ya he tenido tiempo de pensar. Y estoy muy calmada. —Al otro lado de la ventana, el cielo está cargado y amarillento. Dicen que va a nevar.

—Pearl, por favor. Sólo faltan un par de semanas para las navidades. Vamos a intentar disfrutarlas, ¿de acuerdo? Juntos, como una familia.

¿Cómo se le ocurre?

—Nos vamos a poner enseguida a decorar el árbol. ¿Te apetece ayudarnos?

Ésa era siempre tarea de mamá, y sólo me dejaba ayudarla muy a regañadientes. Le encantaban las navidades y todo lo que implican: los villancicos, los regalos, todo. Siempre había que tener un calendario de adviento. Era como una niña grande.

Mi padre aguarda mi respuesta.

—No podemos seguir así, Pearl —insiste por fin. No está enfadado, no es más que una constatación.

—No. —Por una vez estamos de acuerdo.

Cuando se marcha, cierra la puerta.

El jardín padece una desnudez invernal. Hace apenas unos meses era una jungla. Finn lo transformó a base de podar, arrancar malas hierbas, cortar el césped, plantar... Pero ahora los árboles están pelados y desnudos, y la tierra, oscura. Me acuerdo de las semillas, que crecerán ahí debajo. Cuesta creer que sigan ahí. Aunque así sea, Finn no estará aquí para ver los brotes. Hay un enorme cartel de «VENDIDO» en el jardín de Dulcie. La casa lleva vacía desde que se fue al hospital. Pronto será de otra persona. Las rosas que Finn me dio ya están secas, pero conservan un vívido color rojo sobre mi mesa. Finn ha vuelto a la universidad. No lo veré nunca más, supongo. Y probablemente sea mejor. Debe de odiarme.

· · ·

Pienso en invocar a mamá, pero ¿para qué? No vendrá. Sólo aparece cuando le da la gana.

Y entonces caigo en la cuenta, sobresaltada, de que en realidad no quiero verla. Estoy cansada de mentir, de fingir que todo va bien con papá y la Rata. Estoy cansada de que me dé la tabarra con el instituto y con Molly. Estoy harta de que eluda mis preguntas sobre James.

Me acuerdo de la felicitación de Navidad que iba a enviarle, con una carta. Ahora ya es demasiado tarde. Mañana es Nochebuena y no llegaría a tiempo ni aunque la mandara hoy. Me fijo en su nombre, escrito con mi mejor y más ornamentada caligrafía, lo susurro como si al conjurarlo pudiera convocar a la persona. Y de pronto se me ocurre una idea tan maravillosa como aterradora: no tengo por qué pasar aquí las navidades. Hay otro sitio adonde ir. Leo la dirección: Hastings no queda tan lejos. Está más abajo, en la costa, bajando por Kent y luego Sussex. Podría llegar dentro unas horas. El corazón se me acelera. ¿Sería capaz? ¿Tengo suficiente valor para plantarme en su puerta?

Sí. Soy su hija. No va a cerrarle la puerta a su propia hija en navidades. Es época de estar en familia. Se alegrará, seguro. Se alegrará muchísimo. Me dirá: «Llevo tanto tiempo imaginando este momento...»

O igual no. En cualquier caso, es mejor que quedarme aquí.

Sé que si me lo pienso mucho podría echarme atrás. No me lo pienso. Después de dar un vistazo a los horarios de trenes en mi móvil, saco de debajo de la cama la maleta con ruedas que me compró mamá el año pasado para una excursión a la nieve con el instituto. Meto toda la ropa que cabe. A saber cuánto tiempo me voy a quedar. A lo mejor para siempre. Me planteo llevarme la tarjeta de Navidad para dársela. Pero... ¿qué sentido tiene? Se lo puedo decir todo de viva voz.

· · ·

Me detengo en el recibidor. Papá y la abuela están charlando y riéndose en el salón, y en la radio suenan villancicos. Pienso en marcharme sin más, a hurtadillas, sin decirles nada. Pero quiero ver la cara que ponen, de manera que abro la puerta y me adentro bastante en la sala para que vean la mochila a mi espalda y la maleta. Pero no alzan la cabeza. Papá anda trasteando con las luces de Navidad, retorciendo las bombillas y mascullando. La abuela saca tiras de espumillón de una caja forrada con papel de colores que tenemos desde que yo tengo uso de memoria. Y la Rata lo observa todo desde su silla, siguiendo con unos ojos como platos los adornos chispeantes. Y tengo muy claro que no me necesitan, que siempre estoy aparte, como invisible, siempre al margen de cualquier cosa que hagan. Pues muy bien. Eso demuestra que hago bien en marcharme.

—Bueno —digo en tono animoso—. Me voy. Adiós.

—Ah. —Papá alza la vista y se sube las gafas sobre la frente—. No sabía que ibas a salir.

La abuela chasquea la lengua.

—Pero si me ibas a ayudar con la tarta de Navidad...

—No.

—¿Y adónde vas? —Papá mira desconcertado mi maleta—. ¿Te vas a quedar con Molly?

—Sí, hombre.

—Entonces ¿adónde vas?

—¿A ti qué te importa?

Él deja el cordón de luces que tenía en la mano.

—¿Cómo?

Y yo esbozo una sonrisa radiante.

—Me ha quedado muy claro que no me quieres aquí. Tú mismo lo dijiste: no podemos seguir así. Así que me voy a otro sitio donde no moleste tanto.

Papá no me quita los ojos de encima.

—¿Es una broma?

—No.

—No lo entiendo.

—Estaréis mucho mejor sin mí. Los tres solitos.

La abuela suelta un fuerte resoplido desde detrás del árbol de Navidad, donde está colgando las bolas.

—Es la mayor tontería que he oído en mi vida. Ya está bien de compadecerte de ti misma, Pearl, de verdad.

Pero mi padre sigue mirándome como pasmado.

—¿Y dónde ibas a estar mejor que en tu propia casa?

Yo aguardo un momento antes de contestar.

—Ésta no es mi casa. Ya no.

Papá se frota los ojos.

—¿Y adónde vas?

—No se va a ninguna parte —asevera la abuela—. Está haciendo el numerito, nada más.

—A casa de mi padre —respondo entonces mirando a papá a la cara.

—¿Qué?

De verdad no sabe de qué hablo. Pero la abuela sí, y frunce los labios hasta convertirlos en una fina y pálida línea.

—James —explico—. Mi padre.

Papá se queda en completo silencio, asimilando lo que acaba de oír.

—¿Lo dices sólo para hacerme daño? —me pregunta por fin—. Porque en ese caso, te aseguro que lo has conseguido pero bien, Pearl. —Y niega con la cabeza como si quisiera sacudirse mis palabras, no haberlas oído.

—Bueno —masculla la abuela, pero en voz alta—, ya sabemos todos de quién aprendió eso.

—¡Mamá, por favor! —le espeta mi padre.

Yo me vuelvo hacia ella.

—¿Qué quieres decir?

—No quiere decir nada —asegura papá, cansado.

—Quiero decir —le contradice la abuela— que tu madre también tenía una vena muy cruel, cuando le apetecía sacarla. Desde luego que sabía ser de lo más encantadora cuando quería, pero en cuanto se le llevaba la contraria en lo más mínimo, se acababan las buenas caras.

—¡Mamá! ¡Cállate ya, por Dios! —Por un momento, las dos lo miramos sorprendidas—. Pearl, escúchame. No puedes irte.
—Sí que puedo.
La Rata empieza a lloriquear.
—¿Has hablado con él, con James?
—¡Eso no es asunto tuyo!
—Pearl, por favor. No lo hagas. Ésta es tu casa, y tu padre soy yo.
—Mira, no tienes por qué fingir más. Todos sabemos que ahora que tienes a Rose ya no me quieres aquí. Así que no te molestes.
La abuela suelta de un golpetazo la caja de los angelitos de madera, que se desparraman con estrépito por el suelo. La Rata llora con más ganas.
—Ya sé que todo esto ha sido muy difícil para ti, Pearl, y no sabes cómo lo siento. Pero no pienso quedarme callada oyendo estas tonterías. —La abuela habla con tal vehemencia que le tiembla la voz—. Ya sé que antes de todo esto eras el centro del universo en esta familia. Pero las cosas han cambiado. Y no sólo para ti, sino para todos. Y los demás estamos haciendo lo posible por superarlo. Pero tú... —Y me señala con el dedo—. Tú te estás comportando como una niña pequeña y una egoísta, ¡y ya es hora de que madures un poco!
—¿Egoísta? La egoísta no soy yo. El egoísta es él. Si papá no hubiera obligado a mamá a tener un hijo, todavía estaría viva.
La abuela me mira fijamente.
—¿Que la obligó a tener un hijo? Pero... ¿de qué demonios estás hablando?
—Él quería dejarla embarazada, para tener un hijo propio.
—¡No! —exclama papá—. Estás muy equivocada, Pearl. Yo quiero mucho a Rose, por supuesto que sí, pero era mamá quien deseaba tener otro hijo.

—Eso no es verdad.
—Sí lo es. Yo estaba bien como estábamos, te lo aseguro.
—¡Mentira!
—No llames mentiroso a tu padre —salta la abuela—. Tu padre no quería más hijos. Y además te diré por qué: porque quería proteger a tu madre. No quería que acabara en el estado en que acabó cuando te tuvo a ti...
—¡Mamá! —la interrumpe papá.
Pero la abuela se me ha plantado delante, con las mejillas arreboladas, tensa de furia, y ni siquiera lo oye.
—Estaba tan deprimida que ni siquiera era capaz de hacerse cargo de ti.
—¡Mamá, ya está bien!
Yo tardo un momento en asimilarlo.
—No me mientas... —Intento proseguir, pero se me ha hecho un nudo en la garganta.
—Uy, aquí la mentirosa no soy yo, Pearl. Supongo que tu madre nunca mencionó siquiera que fui yo quien cuidó de ti los primeros meses, ¿verdad?
Miro a mi padre, esperando que la contradiga, pero él, entristecido, guarda silencio.
—No, ¿verdad? Ya me lo imaginaba. Supongo que sí te contaba lo entrometida y lo insoportable que yo era. —Me mira bien a la cara, esbozando una sonrisa forzada—. Pues que sepas que tuve que encargarme de ti porque ella pasó una temporada con tal depresión que no podía ni levantarse de la cama por las mañanas. Tu padre trabajaba todo el santo día, así que me vine aquí con ellos, dejé mi trabajo y mi casa y mis amigos para cuidar de ti. Y no me quejo, no me importó. De hecho, me encantaba. Te quería muchísimo, de verdad. Como si fueras mi propia hija... —Se pone a recordar y se le suaviza la expresión. Sé que no está mintiendo—. Por fin la convencimos de que recurriera a un profesional. Y entonces, en cuanto estuvo mejor, pues se acabó, ya no me quería por aquí. Poco menos que me puso las maletas en la puerta y me facturó para Escocia. Y después se las apañó

para mantenerme alejada. Siempre ponía excusas para que no viniera a verte o para que no fueras tú a verme a mí. Yo al final seguí adelante con mi vida, pero te echaba mucho de menos. —*Hector* gimotea a sus pies mientras ella se enjuga los ojos—. Mi preciosa Pearl...

La Rata berrea ahora a pleno pulmón y papá tiene que cogerla en brazos. Yo doy media vuelta con la mochila a la espalda y enfilo el pasillo.

—¡Pearl! —me grita papá—. ¡Espera! No puedes irte así...

—¡Sí puedo!

—Entonces voy contigo. —Y parece que habla en serio, porque está cogiendo su abrigo.

—Ni hablar. Ya está todo arreglado: a James le parece bien que vaya. Y no quiero que vengas para estropearlo todo. No es asunto tuyo.

—¡Déjala! —le grita la abuela desde el salón—. Volverá antes de la cena.

Cierro de un portazo y salgo a la fría y pálida luz de la tarde.

—Pearl, ¿qué pasa?

Es mamá, a mi espalda.

—Espera.

Yo aprieto el paso, con la maleta traqueteando por el suelo.

—¡Pearl! ¿Adónde vas? —me pregunta resollando, mientras intenta seguir mi ritmo.

—¿A ti qué te importa?

—Pues claro que me importa. —Me coge del brazo, pero me zafo—. Pearl, por favor. Para. Dime qué ha pasado.

—Me has mentido. Eso es lo que ha pasado.

—¿Yo? —pregunta con cara inocente—. No, de eso nada, señoría, se equivoca usted de persona. Yo no digo más que la verdad.

Pero no le hago ni caso.

Acorto por el parque, rumbo a la estación. Está muy tranquilo porque todo el mundo anda haciendo compras de Navidad o metido en su casa. La hierba está tiesa de escarcha.

—Ah, un momento. ¿Esto no será por aquella vez que me perdí tu número de baile en el colegio y te dije que era porque el gato se había desmayado y había tenido que salvarle la vida haciéndole un boca a boca, no?

Sigo sin decir nada y sin detenerme.

—Porque si es eso, vale, lo admito: se me olvidó. Ya está. ¿Podrás perdonarme?

—¿Por qué haces esto?

—¿El qué?

—Cada vez que hay que hablar de algo serio, lo conviertes todo en una broma.

—No sé. Será un mecanismo de defensa. O baja autoestima. Seguramente debido a algún trauma infantil. Supongo que ahora es un poco tarde para psicoanalizarme. —Y sonríe esperanzada.

—Me has mentido en todo.

—¿Qué quieres decir?

Me detengo un momento, dándome cuenta de que hay muchísimas cosas que no sé de ella, que tal vez nunca llegaré a saber. Pienso en todo lo que he averiguado, pero sólo una cosa me parece importante de verdad.

—Me dijiste que era papá quien quería tener otro hijo. Me dijiste que lo hacías por él. Pero resulta que eras tú. Eras tú la que quería otro hijo.

—Sí. Bueno, vale, a lo mejor. Pero tampoco es para tanto, ¿no?

—Y yo que le echaba la culpa por obligarte a tener un hijo... —digo apartando la vista.

Ahora mamá ya no finge más. Se acabaron los chistes.

—Creía que de no ser por ellos, por papá y la niña, seguirías aquí. Pero resulta que no fue él. Fuiste tú.

—Pearl, escúchame. —Mamá me agarra los hombros con fuerza. Le tiembla la voz—. Nadie tiene la culpa, ni papá ni yo —me asegura, mirándome a los ojos—. Y desde luego tampoco mi pobre Rose, que se va a criar sin llegar a conocer a su madre.

Y por fin comprendo. Comprendo lo mucho que quiere a la Rata.

Doy media vuelta y echo a andar bajo el viento cortante.

—Pearl, ¿adónde vas?

El viento aleja de mí su voz. No vuelvo la vista atrás.

En el tren hace frío y me revuelvo en el asiento. Llevo puestos los auriculares por si a alguien se le ocurre dirigirme la palabra. Estoy temblando, no sé si de frío o de rabia. No hago más que pensar en mamá y papá y la abuela y la Rata, y mis pensamientos son tan airados y vociferantes que tengo hasta la sensación de que la gente los va a oír.

Sin embargo, el mundo que se desliza al otro lado de la ventanilla es como un bálsamo: primero las casas y los jardines, pequeños recuadros de vida, luego los campos y los árboles y un hombre que pasea a sus perros. Todo aparece un instante y desaparece, aparece y desaparece, bajo un enorme cielo blanco.

Al entrar en un túnel de pronto veo mi reflejo contra el cristal oscurecido. Me ha crecido un poco el pelo, pero todavía lo llevo hecho un desastre. ¿Qué pensará James? Empiezo a arrepentirme de no haberme dejado convencer por la abuela para ir a la peluquería a que me arreglaran un poco las greñas que me dejé. Como la ventana tiene doble cristal, hay dos reflejos superpuestos: uno claro y sólido, otro transparente y brumoso. Y por un momento me identifico más con este último, pensando que ésta soy yo de verdad, y la otra es la que dejé atrás aquel día en la puerta del cine, cuando oí el mensaje de mi padre y el mundo se detuvo.

· · ·

La calle es cada vez más empinada, y bajo la luz decreciente se va haciendo más difícil ver los números de las casas. Pero sé que me estoy acercando: 49, 51... Tengo el corazón desbocado. Número 57.

Aquí es.

Me paro un momento ante la puerta. Es exactamente igual que las demás casas de la calle: una vivienda adosada de aspecto normal, con la fachada de color crema y un feo porche de cristal. Tiene esas ventanas como de plástico, con los cristales a rombos, que se supone que les dan un aire antiguo.

Voy a ser sincera: no es precisamente la casa donde una sueña que vivirá el padre al que por fin va a conocer. Durante el largo trayecto en tren me había imaginado una ruinosa mansión gótica en lo alto de un cerro. Pero, en fin, por lo menos no es un tugurio de drogadictos. Y desde la colina que acabo de subir se ve el mar, que se extiende hasta un borroso horizonte gris.

El jardín sí parece bien cuidado. ¿Se ocupará él?, me pregunto. ¿O estará casado?

En el camino particular hay un destartalado coche familiar negro, con uno de esos adhesivos de «PRINCESITA A BORDO» en el parabrisas trasero. Me detengo en seco.

Una hija.

Tiene otra hija.

¿Por qué no se me había ocurrido que pudiera tener hijos?

De pronto me doy cuenta de lo poco que he pensado todo esto. No puedo seguir. ¿Qué estoy haciendo aquí?

Pero entonces me acuerdo de papá y la abuela y la Rata, ahí juntitos todos tan a gusto, y sé que no me queda otra porque no puedo volver.

Aprieto los dientes y, antes de poder pensármelo bien, recorro el sendero de losas irregulares. Las luces del salón están encendidas. Me dan ganas de mirar por la ventana, pero no lo hago por si acaso lo que veo me hace cambiar de opinión. Clavo la vista en el adhesivo de «VIGILANCIA VECINAL» que hay en la puerta del porche y llamo al timbre con decisión.

Se oye un chillido en el salón, y un perro se pone a ladrar en la parte trasera de la casa. Pasos. Por un momento me da vueltas la cabeza imaginándome la cara de James, cuál será su reacción al verme. ¿Se parecerá a mí? ¿Sabrá quién soy, o tendré que decírselo?

Entonces veo una naricilla pegada al cristal opaco de la puerta principal, a la altura de la cintura, y debajo, una boca aplastada que va dejando un rastro viscoso como si fuera un caracol rosa y blanco.

—¡Verity!

Una silueta oscura se acerca por detrás a la niña. Pero no es él. Es una voz de mujer.

—¡Ve a vestirte ahora mismo, Verity, por Dios!

Esto es un error, ahora lo sé. Pero es demasiado tarde, porque ya se está abriendo la puerta.

Aparece una mujer bastante guapa, con pinta de estresada, más o menos de la edad de mamá. Lleva sobre la cadera a un niño lleno de mocos. Detrás de ella, desapareciendo escaleras arriba, hay una niña —Verity, supongo—, desnuda excepto por los calcetines.

—¿Sí? —pregunta la mujer, evidentemente deseando de que me largue de allí.

Yo tomo aire como para ir a hablar, pero no se me ocurre qué decir, así que me quedo allí con la boca abierta como una idiota. No estoy causando la sofisticada primera impresión que pretendía. El niño empieza a berrear.

—Mira —me dice, dejando en el suelo al pequeño, que se escabulle con andares de pato por el pasillo—, no quisiera ser grosera ni nada de eso, pero es la hora de la cena de los niños. Me encantaría dar limosna para lo que sea, pero...

—No, no —exclamo, riéndome como una loca. Por los nervios, imagino—. No, no voy pidiendo nada.

—Entonces ¿qué quieres?

—Soy... —De pronto me interrumpo al ver la alianza en su dedo—. Estoy buscando a James.

—¿A James? —Ahora me repasa por primera vez con la mirada, se fija en mi maleta y mi mochila—. Te refieres a Jim. ¿Para qué lo buscas?

—Soy su... —Pero no soy capaz de decirlo—. Es mi... —No, eso es todavía peor—. Soy Pearl.

Se le muda el semblante. Es obvio que sabe quién soy. Por lo menos James ha debido de mencionarme, de reconocer mi existencia.

—Nadie lo llama James —me informa, cruzándose de brazos.

Nos quedamos allí mirándonos, ella dentro de la casa, en el umbral, y yo en el frío de la noche. Me estrujo los sesos buscando algo apropiado que decirle a la esposa hostil del padre que nunca he conocido, pero no se me ocurre nada. En vez de hablar, me quedo ahí plantada y tiritando porque he salido con tanta prisa que ni siquiera se me ha pasado por la cabeza abrigarme bien. Llevo la vieja cazadora de cuero de mamá, la que llevaba ella aquel día en el jardín cuando me anunció que estaba embarazada. Ahora estoy tan enfadada con ella que si no fuera porque estamos a bajo cero, me habría dejado la cazadora en el tren. Tiro de las mangas para taparme los dedos entumecidos. Me castañetean los dientes.

—Es mejor que entres —me invita con voz neutra, aunque su cara dice otra cosa.

Paso por encima de las zapatillas deportivas y las botas de agua del recibidor, tirando de mi estúpida maleta, sabiendo lo descarada que debo de parecer.

El olor de la casa me resulta extraño. No es que sea desagradable, sólo huele a casa ajena.

—Jim está a punto de volver —me explica la mujer, entrando en un salón atiborrado de juguetes dispersos—. Puedes esperarlo aquí, yo tengo que ponerme con la cena.

Se detiene en la puerta. Sé que quiere preguntarme qué demonios hago en su casa. En ese momento aparece Verity con unos centelleantes leotardos.

—Vamos, Verity —dice la mujer por fin—. Ven a ayudar a mamá.

Entonces se oye un estrépito y un largo gemido en la cocina.

—¡Por Dios, Alfie! —Y la mujer desaparece.

Verity no se va con ella, sino que se me acerca para mirarme con muchísima atención, mientras yo cruzo y descruzo las piernas, incómoda en el sofá. Después del frío exterior, me arden los dedos de las manos y los pies. En un rincón hay un árbol de Navidad con luces parpadeantes que me están dando dolor de cabeza. En la tele braman los *Teletubbies* a un volumen de tropecientos mil decibelios.

—¿Te gusta nuestro árbol de Navidad? —me pregunta la niña, orgullosa.

Todos los adornos quedan a su altura exacta, con lo cual la mitad superior del árbol está desnuda excepto por un ángel que se balancea en la punta en precario equilibrio.

—Me encanta. ¿Lo has adornado tú?

—Sí.

—Es muy... navideño.

La niña sigue mirándome fijamente.

—¿Tú quién eres?

Por un momento me quedo bloqueada. Es evidente que no puedo decírselo.

—Soy Pearl.

—Yo soy Verity —me contesta, y me tiende la mano—. Encantada de conocerte. Soy una gimnasta famosa. ¿Tú haces gimnasia?

—No.

—Ah. —Parece decepcionada. Como no se me ocurre nada, me quedo mirando la tele—. ¿Te gustan los *Teletubbies*?

Me encojo de hombros.

—Sí, claro. Laa-Laa. Po. ¿A quién no le gustan?

Ella me fulmina con la mirada.

—Yo soy ya muy mayor para eso —me explica—. Los *Teletubbies* son para niños pequeños, como Alfie.

De modo que me siento como una idiota.

La niña me sigue mirando, de esa manera en que a veces miran los niños pequeños, que parece que estén taladrándote la mente. Como si pudieran leerte el pensamiento. Me remuevo en el sillón intentando no pensar en lo desagradable que está siendo su madre, que ni siquiera se ha presentado ni me ha ofrecido un té.

—¿Quieres un té? —me propone Verity.

Doy un respingo.

—Ah. Sí.

La niña está empezando a asustarme.

—Sí, «por favor» —me corrige muy seria. —Desaparece debajo de una mesa y luego reaparece con una tetera de plástico, que me tiende.

—¿Toda la tetera? ¿Sólo para mí?

—Sí. Alfie me esconde las tazas. ¿Azúcar?

—No, gracias.

—¿Leche?

—Un poquito.

Y finjo beber un té imaginario de la tetera. ¿Qué estoy haciendo aquí? Me planteo salir corriendo y todo, pero ¿adónde iría? Verity me mira expectante.

—¿Está riquísimo?

—Mmm... riquísimo.

De la cocina llega ahora el olor a palitos de pescado achicharrados, y entre eso y el hambre que tengo y lo cansada y nerviosa que estoy y la musiquilla de los *Teletubbies* taladrándome la cabeza, me entran náuseas. Esto no es ni mucho menos lo que esperaba. Creo que estoy a punto de echarme a llorar.

—¡Verity! —chilla la mujer desde la cocina, sobreponiéndose al llanto infantil, que no ha cesado—. ¡Ven aquí ahora mismo!

Pero la niña hace caso omiso a su madre y sigue mirándome.
—No tienes muy buena cara —asegura—. ¿Tú fumas?
—No.
—Fumar es muy malo.
—Ya lo sé. Pero no fumo. Es que estoy cansada.
—Mi padre fuma.
—¿Ah, sí?
—Pero no después de Navidad. Después de Navidad lo dejará.
Hay tantas cosas que esta cría debe de saber de mi padre y que yo ignoro...
Siento de nuevo náuseas. ¿Se enfadará al verme? ¿Me echará de casa con cajas destempladas? Eso querría la Cocinera Infame, comoquiera que se llame. No hay duda.
—¡Verity! —Ahora parece enfadada. Supongo que le molesta que la niña esté aquí conmigo—. ¡Que vengas ahora mismo! La cena está lista.
Yo le sonrío con expresión cómplice.
—Me parece que tendrás que ir. Huele muy bien —le miento.
En cuanto se largue, me escapo de aquí a la carrera. No sé adónde iré, pero tengo que salir de esta casa como sea.
La niña esboza una mueca.
—Puedes comerte mi cena si quieres.
—Muchas gracias.
Está a punto de añadir algo cuando el perro empieza a ladrar otra vez, cada vez más histérico, y corre al pasillo. De pronto entiendo por qué.
—¡Es papá! —chilla Verity, que sale disparada.
Se oye la puerta y luego a la niña dando brincos y chillando, y a él que se ríe y gruñe intentando hablar con ella, pero la voz le sale apagada porque Verity se le ha subido encima y le da besos. Yo me quedo con el culo pegado al sillón, deseando poder viajar en el tiempo o que me trague

la tierra o algo, porque ahora tengo claro, más que claro, que he cometido un terrible error.

Sé que no debería estar aquí.

Asomo un poco la cabeza, esperando verlo antes de que él me vea a mí, pero resulta que alza la vista en ese mismísimo momento, deja a Verity en el suelo y se incorpora mirándome. No me queda más remedio que salir de detrás de la puerta.

—Hola —me saluda, perplejo.

Es alto y delgado, tiene el pelo ya canoso, recogido en una coleta y algo ralo por delante, como si se le hubiera resbalado hacia atrás. Me quedo boquiabierta. No se parece en nada al James que había imaginado. Ni siquiera es James. Es Jim.

—Hola —saludo, aunque más bien suena como una disculpa—. Soy Pearl.

—¿Pearl? —Y se queda ahí de pie con cara de personaje de dibujos animados al que le acaban de pegar un sartenazo en la cabeza—. Pearl. Claro, claro. Yo soy Jim. —Se hace un silencio incómodo mientras él, supongo, intenta imaginarse qué demonios hago en su casa—. Te pareces a tu madre —se le ocurre por fin.

—No me parezco en nada —le suelto, porque estoy tan furiosa con mamá que no quiero el más mínimo parecido con ella, y además es una idiotez, porque es verdad que no nos parecemos.

—Sí te pareces —insiste—. En la expresión. Y en los ojos.

De pronto soy consciente de la ominosa presencia de la Cocinera Infame en la puerta de la cocina. Sostiene con fuerza a Alfie ante sí, como si fuera un escudo, y está emitiendo vibraciones asesinas hacia el pasillo, aunque no sé muy bien si dirigidas a mí o a los dos.

—Hola, cariño —saluda él, y se acerca a besarla en la mejilla, pero ella alza al adormilado Alfie, de manera que es el niño quien recibe el beso. A continuación le clava a James, o a Jim, mejor dicho, una mirada que dice a gritos: «A mí no me vengas con hola cariño.» De hecho, hasta tiene que cerrar los labios con fuerza para no pronunciar la frase. Pero sé que no quiere gritarle porque estoy yo delante—. Bueno... —comienza Jim, nervioso, y se le nota que está analizando la situación, preguntándose cuánto tiempo llevaré aquí y cómo están resultando las cosas, y deduciendo sin duda que no hemos estado precisamente charlando tan animadas mientras merendábamos bizcocho con limonada casera—. Ya veo que os conocéis.

—Sí —digo.

—Y... Eh...

Está claro que lo que de verdad quiere preguntar es: «¿Qué demonios estás haciendo aquí?», pero no da con una fórmula educada.

—Pearl se va a quedar en casa —canturrea Verity a voz en grito, ejecutando una pequeña danza—. Pearl se va a quedar en casa, ¡bien bien bieeen!

El perro, que resulta ser una criatura grande y muy peluda, se apunta a lo de cantar y bailar, y yo vuelvo a desear algún desastre natural por el que se abra la tierra y nos trague a todos.

—Ya es la hora del baño, ¿verdad, Verity? —dice Jim.

La Cocinera Infame se vuelve hacia él.

—¿Podemos hablar un momento? —Y añade, gélida—: En privado.

—No, tranquilos —les digo—. No os molestéis. Yo ya me iba.

—¿Te vas? —berrea Verity—. ¡No puedes irte! ¡Si acabas de llegar!

—Lo siento, pero sólo venía a saludar. Es que... pasaba por aquí.

James me mira entre sorprendido y aliviado.

—¿Pasabas por aquí?

—Sí —contesto, apartando la mirada.

—¿Cómo sabías la dirección?

—La encontré en el ordenador de mi madre.

—¿Y por qué no llamaste para avisar?
—No lo sé.
Bajo la vista mientras él intenta adivinar qué está pasando. ¿Y si se enfada? Está volviendo a entrarme el pánico. Tengo que largarme como sea.
—¿Y a tus padres no les ha importado que vengas?
No contesto.
—No saben que estás aquí, ¿verdad?
—Mi padre sí. Mi madre... bueno, murió.
Verity se me abraza a las piernas.
—¿Por eso estás triste? —me pregunta.
—¿Qué? ¿Stella ha muerto? ¿Cuándo?
—El febrero pasado.
—Lo siento mucho. ¿Cómo fue?
—Al dar a luz. De pronto se puso muy mala.
—Lo siento mucho —repite Jim.
—De verdad, tengo que irme. Me ha encantado conocerte —le digo a Verity, y con toda intención no hago ni caso de la iracunda Cocinera Infame.
—¿Sabes qué? Podríamos salir a dar un paseo —me propone Jim.
—¿Puedo ir? ¿Puedo ir? —canturrea Verity, brincando de un pie a otro.
—No, cariño. Sólo Pearl y yo.
—No puede ser —se opone la Cocinera Infame—. Aún tenemos que envolver todos los regalos de Navidad.
Él le coge la mano.
—No tardaremos mucho, te lo prometo. Venga, Bel —insiste, clavándole una mirada que no sé interpretar—. Imagínate que fuera Verity.
—¡¿Que yo fuera qué?! —chilla la niña. Se desliza de pronto por la barandilla de la escalera y aterriza cayéndose. La ayudo a levantarse—. Gracias. ¿A que lo hago muy bien?
—Bueno —accede la Cocinera Infame, y a lo mejor no es del todo una arpía, porque creo atisbar una sonrisa cuando él le da un beso—. No tardéis.

...

Caminamos en silencio. ¿Qué estará pensando? ¿Y cómo se me ha ocurrido esto a mí? ¿Qué creía? ¿Que estaría esperándome con los brazos abiertos? ¿Que tendría la cama hecha para mí en la habitación de invitados por si un buen día se me ocurría aparecer? Me encojo dentro de mi cazadora de pura vergüenza.

—No te importa que fume, ¿verdad?
—No.
—Lo voy a dejar ya mismo.
—Ya lo sé. Me lo ha dicho Verity.

Jim se echa a reír.

—No sabes la lata que me da con el tema.
—Yo era igual con mi madre. Claro que jamás me hacía caso. Sólo lo dejó cuando se quedó embarazada.
—Siento mucho lo de tu madre.

A eso no contesto. Hace un frío de muerte y el suelo está helado y resbaladizo.

—Ven, agárrate a mi brazo, que esto parece una pista de patinaje.
—No, estoy bien.

Lo miro de reojo y veo que esboza una sonrisilla.

—¿Qué? —le pregunto.
—Nada, que tenía razón. Eres igual que tu madre.

En el paseo marítimo el viento corta como un cuchillo. Nos metemos en una cafetería cálida y bulliciosa, adornada con vistosos motivos navideños, y nos sentamos a una mesa con un desvaído mantel de cuadros rojos.

—Cuéntame qué es lo que ocurre en realidad —me pide por fin.
—¿Qué quieres decir?
—Que no es que pasaras por aquí por casualidad, ¿me equivoco?

Me planteo mentir, pero sería un esfuerzo para el que ya no tengo energía.

—Dime, ¿qué ha pasado para que de pronto cojas la mochila y te plantes en mi casa al cabo de dieciséis años?

Todas las razones que se me ocurren para explicar mi presencia se me antojan ahora estúpidas e infantiles.

—¿De verdad sabe tu padre que has venido? Porque si no, tienes que llamarlo ahora mismo, Pearl. Estará muy preocupado.

—Le he dicho que venía.

—¿Y qué ha dicho él?

Vacilo un momento, jugueteando con una servilleta.

—No le he dado mucha ocasión de decir nada.

—¿Os habéis peleado?

Asiento con la cabeza.

—¿Una pelea seria?

—Podría decirse.

—¿Por qué?

Me siento como una imbécil.

—Por todo.

La camarera deja un bol de patatas fritas en la mesa con un chocolate para mí y una cerveza para Jim.

—Sí, bueno, esas cosas pasan. Recuerdo que casi llegué a pegarme con mi padre cuando tenía tu edad.

—Mi padre y yo siempre nos habíamos llevado muy bien. Antes.

Jim asiente.

—No puedo ni imaginar lo que debéis de haber pasado estos últimos meses. Es para hacer explotar al más pintado.

Me acerca las patatas fritas, y huelen tan bien y tengo tanta hambre que no puedo resistirme. Empiezo a entrar un poco en calor.

Mientras me bebo el chocolate, miro a Jim de reojo intentando ver en él al chico de la foto.

—¿Cómo es que las cosas no fueron bien entre mi madre y tú?

—Sólo salimos una temporada muy corta —me explica—. Nos iba bien, pero enseguida nos dimos cuenta de que no teníamos nada en común. Ella estaba en la escuela de arte, yo era ayudante de fontanero, nuestras amistades eran muy distintas. Ni siquiera nos gustaba la misma música. —Bebe un sorbo de cerveza—. Así que lo dejamos. Ni siquiera tuvimos que romper ni nada, porque en realidad tampoco éramos una pareja. Lo único es que dejé de llamarla y ella tampoco me buscó. Y luego, un par de meses después, me llama un buen día para decirme que estaba embarazada de ti. Te aseguro que me quedé de piedra.

Por primera vez me imagino lo que debió de ser aquello para mamá, que tendría un par de años más que yo ahora.

—Pero ¿se alegraba de estar embarazada?

—Bueno, fue un shock —responde un tanto incómodo—. Yo le dije que la apoyaría fuera cual fuese su decisión. Pero ella tenía las ideas muy claras y me dijo que pensaba criarte sola. Y un año después me mandó una foto tuya y me contó que había conocido a tu padre y se iban a casar.

—¿Mantuvisteis el contacto?

—No mucho, no.

—Pero mi madre tenía tu dirección.

—Acordamos que si alguna vez querías saber algo más de mí, cuando crecieras un poco, podrías ponerte en contacto conmigo.

—Pero... ¿nunca quisiste ponerte en contacto con nosotras? ¿No deseabas verme? —Intento no sentirme herida. Ya sé que es una tontería, porque al fin y al cabo tampoco yo había querido verlo nunca.

—Pues sí, la verdad es que sí. Supongo que al final maduré. Empecé a sentirme mal, a pensar que de alguna manera te había abandonado. Así que llamé a tu madre para ver si podíamos vernos. Le sugerí que a lo mejor podía felicitarte los cumpleaños o enviarte regalos por Navidad, esas cosas. Pero ella dijo que no, que eso no haría más que confundirte y que ya tenías un padre. Me contó que ya sabías que no era tu padre biológico, pero que no importaba y que lo querías mucho. Que sabías mi nombre y ya está, y que a lo mejor cuando fueras mayor ya hablaríamos del tema. Y yo no quería causar problemas ni inquietarte en modo alguno. Supongo que sólo deseaba que supieras que no era un completo imbécil que había abandonado a su hija. Pero entonces conocí a Bel y todo cambió. Bel ya tenía a Verity, que estaba a punto de cumplir dos añitos. —Su expresión se ilumina al nombrarlas—. Mira, aquí tengo una foto de Verity el día de nuestra boda.

Saca la cartera y me enseña una foto de una Verity más pequeña y regordeta vestida de dama de honor, con la tiara torcida y la cara llena de churretes de chocolate.

—Parece una niña estupenda —le digo.

—Bel dice que soy un idiota sentimental, pero cuando miro a Verity es como si supiera para qué he nacido, como si supiera cuál es el sentido de mi vida. Ya sé que es una cursilada.

—No, no lo es.

—El caso es que me di cuenta de que así debía de sentirse tu padre contigo. Y pensé qué sentiría yo si el padre biológico de Verity de pronto apareciera y quisiera verla. Que no va a pasar, porque el tío es un verdadero inútil. —Se interrumpe para dar otro trago a la cerveza—. En fin, que no podía hacerle eso a tu padre, porque sabía que le rompería el corazón. Él te había criado desde que eras un bebé, se había hecho cargo de ti, ¿no? Se había preocupado cuando te ponías enferma, te había levantado cuando te caías y te calmaría cuando tuvieras pesadillas o te asustaran los monstruos debajo de la cama, ¿no?

No puedo hablar.

—Yo no tenía ningún derecho a considerarme tu padre. —Entonces se fija en mí—. ¡Vaya por Dios! Ahora te he hecho llorar. No llores, por favor. Lo siento mucho. —Rebusca en su bolsillo y me tiende un pañuelo—. Toma, está limpio.

Me sueno.

—No quería disgustarte. Es lo último que quisiera.

—No es culpa tuya.

—Sí que lo es. No sé para qué me pongo a remover el pasado. Y además estás agotada. Anda, volvamos a casa. Llamaremos a tu padre y le preguntaremos si puedes quedarte a pasar la noche, y ya veremos mañana cómo te llevamos, ¿de acuerdo?

Pienso en papá y en la cara que ha puesto al decirle que venía, y no puedo contener el silencioso torrente de lágrimas que me surca las mejillas.

—Mira, seguro que después de dormir bien lo verás todo mejor, te lo prometo.

—No puedo volver contigo. ¿Qué dirá Bel? Tengo la impresión de que no le haría ninguna gracia que me quedara.

—Le parecerá bien en cuanto se lo explique —replica Jim sonriendo.

Salimos al frío del exterior.

—¿Te importa dejarme sola un momento? —le pido—. Necesito andar un poco y aclararme las ideas. Volveré dentro de un rato.

—¿Ahora? ¿De noche? No me parece muy buena idea. No conoces la zona.

—No tardaré.

No parece muy convencido, pero yo le doy un fugaz beso en la mejilla.

—Nos vemos en casa.

Me alejo sin darle tiempo a decir nada y lo dejo ahí, sorprendido, llevándose una mano a la cara.

Bajo por la calle principal que discurre a lo largo del paseo marítimo. Es de noche, pero los salones recreativos están iluminados y en las farolas hay luces navideñas. Unos cuantos copos de nieve revolotean en el aire, reluciendo un momento al pasar por la luz para desvanecerse luego en la oscuridad. El parque de atracciones y el minigolf están desiertos y el lago de las barcas tiene las orillas heladas.

Más adelante bajo por unos escalones de piedra que llevan a la playa de guijarros. Sopla un viento furioso y tengo que inclinarme para llegar hasta un mar encrespado que brama ensordecedor. Y allí me quedo, aguantando el vendaval, viendo las olas estrellarse contra la orilla en estallidos de espuma.

Me da vueltas la cabeza de cansancio y hambre, y por todas las cosas que Jim acaba de contarme. No soy capaz de ordenar mis ideas. Pienso en mamá, en cómo debió de sentirse, tan joven y embarazada. Pienso en Jim, recuerdo su expresión de felicidad al lado de Verity, y hasta cuando la nombraba. Y sobre todo pienso en papá. En lo mucho que quería a mamá, en cómo me cuidaba cuando yo era un bebé que ni siquiera era suyo. «Nunca he visto a nadie tan embobado con un bebé como a tu padre contigo.» Eso dijo la abuela.

El mar es enorme, oscuro y frío, y yo soy muy pequeña y estoy muy cansada. Sólo quiero tumbarme. Si me tumbo, el mar vendrá a cogerme, me llevará, me arrastrará al fondo.

Pienso en aquella ocasión en que papá evitó que me atropellara un coche. «¿Qué haría yo sin mi Pearl?»

No voy a tumbarme.

Estoy sentada en la cama, en la pequeña habitación de invitados en casa de Jim, abrazada a mis rodillas. No paro de temblar.

En una esquina hay una mesita y un tablón de corcho con varias fotos de Verity, Alfie, la Cocinera Infame y Jim, todas en plan familia feliz: de vacaciones, en fiestas de cumpleaños, de excursión en el parque...

Cuando era pequeña, a veces me ponía a jugar a que mi cama era una balsa en mitad del mar y tenía que venir alguien a rescatarme.

Pero ahora no hay nadie que pueda venir a rescatarme.

. . .

Cuando me despierto, hay una luz extraña en la habitación. Abajo se oye gritar a Verity:

—¡Está nevando! ¡Está nevando! ¡Está nevando de verdad!

Abro las cortinas. Todo está cubierto de nieve, y siguen cayendo copos. Por un momento lo único que siento es un entusiasmo infantil.

Pero... ¿cómo voy a volver a casa? ¿Seguirán circulando los trenes?

Verity llama a la puerta y entra con una taza de té. Casi todo el líquido se ha derramado en el platillo, pero aun así le doy las gracias.

—Dice mamá que bajes a desayunar.

—No, no puedo. Tengo que irme.

—Mamá ha dicho que dirías eso. Así que me ha dicho que tengo que utilizar todas mis dotes de persuasión porque tienes que comer.

—Pues a ver.

—POR FAVOR POR FAVOR POR FAVOR POR FAVOR POR FAVOOOOOOR...

—Vale, vale. Vamos.

Y me lleva por la escalera aferrando con fuerza mi mano.

—¿Cuántos años tienes? —me pregunta cuando ya estamos sentadas en la cocina.

—Dieciséis.

—Qué mayor. ¿Tienes trabajo?

—No.

—¿Tienes novio?

—No.

—¿Por qué no? Eres bastante guapa.

Genial.

—Gracias.

Verity me mira pensativa de arriba abajo.

—Aunque estás un poco flaca.

Por Dios, la niña es peor que mi abuela.

—¿Eres anoréxica?

—¡Verity! —La Cocinera Infame, o sea, Bel, me mira un poco avergonzada mientras le mete una cucharada en la boca a Alfie.

—No —contesto. Y cojo una tostada para demostrarlo, pero está seca y fría, así que vuelvo a dejarla donde estaba.

—¿Bulímica entonces?

—Verity, ya está bien.

—Tú sabes mucho para tener siete años —le digo en tono acusador.

—Me gusta leer. —La niña sigue estudiándome mientras se come la tostada—. Entonces ¿por qué no tienes novio?

Intento no pensar en Finn. Bebo un sorbo de café, que me quema la boca.

—Porque no es obligatorio.

—Entonces ¿tienes novia?

—No.

—Si la tienes no pasa nada.

—Ya lo sé, pero es que no la tengo.

—Pero...

—¿Tú tienes novio? —contraataco. Tiene guasa que una niña de siete años te someta a un interrogatorio completo en el desayuno.

Verity me mira como si me hubiera vuelto loca.

—¿Yo? ¿Y yo para qué quiero un novio?

—Pues lo mismo digo.

Me observa un momento y entonces sonríe.

—¿Quieres hacer un muñeco de nieve conmigo?

—No puedo. Tengo que volver a mi casa.

Subo a la habitación por mis bolsas. Me asomo un momento a la ventana y compruebo que sigue nevando, despacio pero sin parar. Y de pronto, entre los copos, aparece un coche rojo.

Se detiene y bajan mi padre y Finn. Yo me precipito por la escalera y salgo de la casa sin abrigo, ni botas ni nada. Cuando papá me ve, pone la misma cara que Jim anoche al ver a Verity, y quiero explicárselo todo: todo lo que he hecho mal y lo que él ha hecho mal, y lo furiosa y sola y asustada que me sentía. Decirle que quiero que las cosas cambien, pero que no sé cómo. Cuando llego hasta él, estoy llorando de tal manera que no me salen las palabras, y él me abraza tan fuerte que me deja sin aliento para hablar.

Pero no importa, porque me doy cuenta de que papá ya sabe todo lo que iba a decirle.

—Sí —dice papá—. Menos mal que estaba Finn. Su familia y él están ahora en casa de Dulcie, nuestra vecina. El coche no me arrancaba con el frío y Finn, al verme, se ha ofrecido a traerme. Todo un detalle por su parte.

Estamos todos apretujados en la diminuta cocina de Jim y Bel, tomando té, y mentiría si dijera que no hay cierta tensión en el ambiente. Papá y Jim se han dado la mano y esas cosas y han intercambiado unos cuantos «gracias» y «de nadas», todo muy viril, y ahora están hablando de carreteras y quitanieves («Una vez que llegas a la A21 ya está despejado»); Finn está sufriendo el interrogatorio de Verity («Pero ¿por qué el chelo? Si no es más que un violín grande»); Bel está guardando las compras que acaban de traerle, luchando para encajar en la nevera un pavo casi tan grande como Alfie; y Alfie está comiéndose unos cereales del suelo, con la ayuda del perro, que ahora sé que es perra y se llama *Dottie* («Está loca», me ha informado Verity, muy orgullosa). Y yo los observo a todos y me doy cuenta de que sonrío.

—Has dicho que no tenías novio —me suelta Verity cuando ya nos vamos, en tono acusador.

—Y es verdad.

—Puede que tenga siete años, pero no soy tonta.

. . .

Papá llama a la abuela con el móvil mientras nos encaminamos al coche, y a metros de distancia la oigo lanzar exclamaciones. Papá apenas puede colar una palabra.

—Pero no llores, mamá —dice por fin—, que Pearl está bien. Tú misma la verás dentro de nada. Salimos ahora mismo.

Cuando nadie nos ve, cojo a Finn de la mano.

—Me alegro de que hayas venido —le digo.

Él se sorprende un poco, pero luego sonríe.

—Yo también.

Antes de meterme en el coche, me fijo en los tejados y las montañas nevadas, todo blanco, todo nuevo. El mundo se ha transformado.

Enero

La abuela me lleva a una peluquería increíblemente pija de Chelsea. Se niega a aceptar un no por respuesta.

—Tu padre se quedará hoy con Rose y ya tengo pedida la hora. No vamos a cancelarla. —Cuando me dice lo que cuesta la peluquería, se me atragantan los cereales.

Me preparan un capuchino con una galletita y me hacen un masaje y la manicura. Confieso que es muy agradable.

Luego nos vamos a almorzar a un restaurante igual de pijo, a pesar de que le he dicho cien veces a la abuela que no tengo hambre. Cuando pide vino para las dos, el camarero no se atreve a contradecirla. A continuación me cuenta un montón de disparates que papá hizo de joven y que me hacen reír, y me habla de su padre, mi abuelo, que murió antes de que yo naciera, y de su precioso piso en Edimburgo, y me dice que le encantaría que fuera a verla.

—Pero... ¿te vas? —exclamo—. Y entonces ¿qué vamos a hacer?

La abuela se echa a reír.

—Os las apañaréis perfectamente. Ahora que se ha solucionado lo del seguro, Rose puede tener una canguro como Dios manda o ir a la guardería. Os echaré mucho de menos, pero yo también tengo que seguir con mi vida. Hace meses que no voy a pilates. Y *Hector* echa de menos a sus amigos.

—Oh.

Cuando ya va por la segunda copa de vino, de pronto se pone seria.

—Dije algunas cosas sobre tu madre que eran injustas, Pearl.

—Ya lo he hablado con papá. No pasa nada.

—No, sí que pasa. Entiendo que tu madre no me quisiera por aquí cuando eras pequeña. Una vez superada la depresión posparto, quiero decir. Ya sé que a veces me pongo un poco mandona. Y tal vez le di la impresión de que no la consideraba bastante buena para Alex. Pero, lo que es más importante, tu madre te quería para ella sola. Se sentía muy culpable por el tiempo que se había perdido contigo. Y ese tiempo lo habías pasado conmigo. Yo te había hecho de madre. Tuvo que ser muy difícil para ella. Ahora me doy cuenta. Y a lo mejor yo debería haber sido más comprensiva.

Me lo quedo pensando y sonrío. Me veo en el espejo de la pared del fondo. Tengo la cara un poco sonrojada por el vino, y no puedo negar que el pelo me queda mucho mejor.

—¿Pedimos un postre? —propongo—. Tengo más hambre de la que pensaba.

Esa tarde salgo a comprarme un móvil nuevo, y lo primero que hago es mandar un mensaje a Molly.

«¿Puedo pasar a verte? Soy Pearl. Bss.»

No me contesta, pero voy de todas formas. Estoy tan nerviosa mientras recorro las calles enfangadas hasta su casa que casi me echo atrás. ¿Qué haría yo en su lugar? Me imagino que me grita, que me cierra de un portazo en la cara. No podría reprochárselo.

Subo los cuatro tramos de escalera hasta su piso ensayando sin parar lo que voy a decirle. Empezaré con un «Lo siento muchísimo...», pero luego no sé muy bien qué orden seguir. Tengo tantas cosas por las que pedirle perdón, tantas cosas que explicarle...

Llamo a la puerta y me esfuerzo por recuperar el aliento mientras lo repaso todo mentalmente otra vez. «Lo siento muchísimo...» Se oyen unos pasos, se abre la puerta y aparece uno de los gemelos vestido de Darth Vader.

—Hola, Jake. O Callum. ¿Está Molly?

El pequeño Darth Vader se limita a jadear de forma ruidosa a través de la máscara. Me pone un poquito nerviosa. A continuación alza despacio su espada láser roja y gruñe:

—Ahora yo soy el señor supremo. —Y sale disparado, con la capa ondeando a sus espaldas y berreando—: ¡Mollyyyyyyyyyyyy! ¡Es Pearl! ¿No decías que la odiabas?

Otro momento de espera. Dentro se oye a todo volumen la música de Liam. Todavía tengo el corazón acelerado de subir la escalera. ¿Por dónde empezar? «Siento muchísimo...» ¿Lo de su padre? ¿Lo de Ravi? O tal vez debería resumirlo todo con un: «Ya sé que me he portado fatal.»

Pero al final, cuando Molly sale a la puerta, me quedo en blanco.

—Te mentí —es lo primero que me sale, antes de que ella pueda hablar.

—¿Qué? —Molly me mira sin ablandarse, de brazos cruzados.

—Cuando hablamos del día en que murió mi madre, ¿te acuerdas? Aquella vez, en el Angelo's. —Me sale todo, inesperadamente, sin que yo sepa de dónde—. Te dije que había llegado al hospital a tiempo de despedirme de ella, ¿verdad? Que me abrazó y me dijo que me quería.

—¿Y?

Cierro los ojos.

Me veo corriendo. Corro por pasillos verdes de hospital, con los pulmones ardiendo, la punzada del pánico en el pecho, y no puedo seguir. No puedo seguir corriendo. Pero en mi cabeza se repite sin parar el mensaje telefónico de mi padre. Y sigo corriendo. Y ahora estoy allí y mi padre se acerca con una cara muy rara, ante su expresión se me encoge el estómago.

—¿Qué pasa? —le pregunto—. Quiero ver a mamá.
—Vamos a sentarnos. —Intenta cogerme de la mano, pero se lo impido.
—¡No! —grito—. ¡Llévame con mamá!
—No puedo, Pearl —me contesta. Y se le saltan las lágrimas, que le surcan las mejillas.

Tardo un momento en comprender. Y cuando comprendo, de pronto me mareo, me da vértigo, como si me asomara al borde de un acantilado.

—¿Por qué no? —voy a preguntar, pero me falla la voz. Me falla la voz porque lo sé. Sé lo que va a decirme—. No —susurro.

Y en mi mente chillo: ¡NO PUEDE SER! ¡NO PUEDE SER! ¡NO LO DIGAS!...

Pero papá lo dice de todas formas.

Abro los ojos. Estoy de vuelta en la puerta del piso de Molly, que tiene la cara empapada de lágrimas. Yo también.

—No te despediste de ella.
—No.
Y ahora jamás podré despedirme.

Paseamos por el parque cogidas del brazo. La nieve derretida está sucia y resbaladiza.

—¿Por qué no me lo dijiste antes? —quiere saber Molly—. Me refiero a lo de tu madre.
—No podía.
—¿Y por qué me lo cuentas ahora?
—Porque ahora sí puedo.
—Bien —dice Molly, sonriendo.
—Sí.
—¡Anda! ¡Mira! ¿No es ése...?

En efecto, es el señor S, que corre tranquilamente por el parque, con un chándal que no le pega nada y una gorra. Lo saludamos con la mano, y se nos acerca jadeando.

—Hola. —Sonrío—. Qué raro verlo con esa pinta.

—¡Vaya, justo contigo quería hablar! Mi mujer se ha pasado todas las navidades de un humor de perros porque una de sus mejores alumnas dice que no piensa volver a clase después de las vacaciones —me espeta, clavándome la mirada—. ¿Y quién te crees que tiene que pagar el pato? Pues aquí un servidor, nada menos.

Yo bajo la vista.

—Lo siento. Y pídale disculpas a la señora S de mi parte. Pero no voy a volver.

Me mira con los brazos en jarras, negando con la cabeza.

—Es que aunque quisiera, seguro que la directora no vuelve a admitirme. Nunca le he caído bien —le explico.

—Desde luego que te admitiría. A esa mujer lo único que le interesan son los resultados del instituto, y sabe que sacarás buenas notas. En fin, debo irme. Molly, a ver si consigues que entre en razón. Feliz Año Nuevo a las dos —se despide, ya en marcha otra vez—. Igual nos vemos algún día por el parque con la peque.

—¿De verdad no piensas volver al instituto? —me pregunta Molly, horrorizada.

—No lo sé.

—Ay, por favor, Pearl. Tienes que volver.

—Es demasiado tarde.

—El señor S tiene razón. La Lomax seguro que te admite. Si estás dispuesta a arrastrarte ante ella.

—Arrastrarme no se me da muy bien.

—No. —Molly se ríe—. La verdad es que no.

Hay unos niños volando cometas con sus padres, y las dos alzamos la cabeza al cielo.

—Siento mucho todo lo que ha pasado.

—Ya lo sé —me dice Molly, dándome un apretón en el brazo.

Las nubes son muy tenues, plateadas por el sol que se oculta tras ellas. El viento nos trae las risas y los gritos de los niños.

—¿Cómo va con tu padre?
—Se van a divorciar —responde Molly con una mueca.
—Lo siento.
—No pasa nada. Bueno, sí pasa, pero es que hace mucho que las cosas iban fatal entre ellos. Por lo menos ya no se pasan el día peleándose. Anda, vamos a tomar un café.
—¿Ha vuelto ya Ravi de la universidad?
—Sí. —Sonríe—. Se va a quedar cuatro semanas enteras.
—¿Qué dijo de mí? Me refiero a aquel día en el parque. Cuando dijiste que Ravi tenía razón con respecto a mí. ¿Qué había dicho?
—Da igual.
—Venga, dímelo, que sea lo que sea no voy a enfadarme, te lo aseguro.
—Me dijo que a veces, cuando alguien pierde a un ser querido, es como si ese alguien se muriera también, porque así es de la única forma en que puede quedarse cerca de la persona que se ha ido. Dejando de vivir.
—¿Eso dijo? —Me sorprendo.
—Sí.
—¿Ravi?
—Pues sí.
Digo que no con la cabeza.
—Creí que habría dicho que era una arpía insoportable y que no deberías ni acercarte a mí.
—Ah, bueno, eso también.
—¿Sí?
—¡Pues claro que no, tonta! —exclama ella, echándose a reír.
—¿Queréis venir a mi cumpleaños la semana que viene? Ravi y tú, claro.
Molly me da un beso.
—Nos encantaría.

• • •

Al día siguiente llega una postal de Verity:

Querida Pel, me agustado mucho conozerte pero te puedes qedar mas tiempo la prosima vez? Y Fin tan bien. Un beso Verity.

Me gusta tanto que la pego en la puerta de la nevera. Entre las cosas del estudio de mamá encuentro una tarjetita y la aprovecho para contestar:

Querida Verity,
   A mí también me ha gustado mucho conocerte. Volveré pronto, y a lo mejor un día puedes venir tú a verme a mí, ¿eh?
   Un beso,

Pearl

Dulcie deja hoy la casa, le he dicho que iría a verla. Los de la mudanza ya están sacando todas sus cosas: cuadros, muebles, fotos. Una vida entera metida en un camión. La mayor parte irá al hostal de los padres de Finn, porque Dulcie no puede llevar gran cosa a la residencia.

Finn viene a despedirse.

Y esta vez, cuando me besa, no me aparto.

Febrero

—Sí —me dice, y a pesar de que sonríe, la voz le tiembla un poco. El sol temprano incendia su pelo. Cierra los ojos y se vuelve hacia el pálido resplandor anaranjado, que va cobrando fuerza a cada momento y que ahora resalta las tenues arrugas de su rostro. Por un momento me imagino el aspecto que habría tenido de haber podido envejecer.

—Tú también eres muy guapa —comento.

Ella abre un ojo y enarca una ceja.

—¿Has bebido otra vez, Pearl?

—No.

—¿Ni te has metido alguna droga alucinógena?

—No.

Entonces se echa a reír.

—La última vez que me dijiste que estaba guapa tenías cuatro años. Y sólo fue porque me habías maquillado tú, ¿te acuerdas? Pintarrajeada de carmín por todas partes.

El recuerdo me hace sonreír. Y una vez que he empezado, no puedo parar. Me apoyo contra el repecho de la ventana, al sol, sonriendo como una chiflada.

—Me daba miedo que llegara el día de hoy.

Es cierto: el corazón me daba un vuelco cada vez que lo pensaba. Pero ese temor parece ahora muy lejano, como si perteneciera a otra persona.

—Ya lo sé. —Mamá aparta un momento la cabeza, vuelve a mirar por la ventana—. Vamos afuera —dice de pronto.

Y sonrío todavía más, porque eso es exactamente lo que quiero hacer.

Abro la puerta del jardín y me pongo por encima del pijama el abrigo de mamá, que sigue colgado de su percha como siempre. Me calzo unas botas de agua y salimos. La hierba está tiesa de escarcha y relumbra bajo la luz del amanecer.
—¿No tienes frío? —me pregunta.
Digo que no con la cabeza, aunque sí debería tenerlo.
—Vamos.
Tomo su mano y caminamos sobre la hierba crujiente hasta el banco al fondo del jardín. Nos sentamos bajo las retorcidas y nudosas ramas peladas de los árboles.
Pasamos un largo rato en silencio. El mundo conserva una quietud perfecta. Es como si sólo estuviera habitado por nosotras dos. No recuerdo haberme sentido nunca tan feliz, tan serena, en completa unión con cuanto me rodea.
Sin embargo, cuando me vuelvo hacia mamá, veo que está llorando.
—¿Qué pasa? —le pregunto, cogiéndole de nuevo la mano.
—Lo siento mucho, Pearl —dice por fin, y logra transmitirme su pena, que es como una herida abierta.
—¿Por qué? ¿Qué es lo que sientes?
Ella menea la cabeza, incapaz de hablar, y cuando la abrazo noto en su pecho el estremecimiento de sus callados sollozos.
—Todo, lo siento todo. Siento cada una de las lágrimas que has derramado por mí.
Alza la cabeza con los ojos enrojecidos.
—Yo también lo siento —le contesto—. Estaba enfadada contigo y no tenía razón.

—No fui sincera contigo. No te dije la verdad sobre James, sobre mí... Lo siento mucho. No quería hacerte daño.

—¿Por qué no me contaste nada? ¿Por qué no me hablaste de lo que pasó cuando nací? ¿Por qué no me dijiste lo duro que fue para ti?

—Porque quería fingir que las cosas habían sido como debían. Tu nacimiento tendría que haber sido un evento feliz, pero fue agotador y yo estaba muy asustada y sin fuerzas. —Me aprieta la mano—. Creía que podía hacer que las cosas fueran como yo quería. Deseaba hacer un mundo perfecto para ti. Me sentía muy culpable.

—Eso dijo la abuela.

—Bueno, no siempre se equivoca. —Mamá suspira—. Es muy metomentodo y muy mandona y una esnob espantosa, pero en fin... Te quiere mucho.

—He estado muy enfadada. Con todo el mundo. Pero sobre todo... —Respiro hondo. El corazón me late con fuerza, pero tengo que decírselo—: Sobre todo con la niña.

—Ya lo sé.

Y entonces me doy cuenta de que así es: lo sabe. Sabe todo lo que he intentado ocultarle. Lo de papá, lo de la Rata. Mis mentiras. Lo sabe todo.

—¿Cómo lo sabes? —Me acuerdo de todas las cosas que he pensado y dicho, y se me saltan las lágrimas.

—Porque te conozco.

—Lo siento.

—Ya lo sé. Yo también lo siento.

Un mirlo canta en los árboles a nuestras espaldas. Me quedo escuchándolo, con la cabeza apoyada en el hombro de mamá. Es un canto tan triste y perfecto que me parece que está saliéndome de dentro. Y en ese momento comprendo una cosa, algo que mamá no puede decirme.

—Tú no lo cambiarías, ¿verdad? —le digo—. Aunque pudieras... Si la alternativa fuera no tenerla, elegirías esto.

Al decirlo, me doy cuenta de que siempre lo he sabido.

Ella asiente, sin dejar de llorar.

—Lo siento. ¿Podrás perdonarme?

Estoy agotada. Estoy cansada de estar enfadada, cansada de estar triste. Me aprieto contra mamá y ella me rodea con el brazo. Y nos quedamos así hasta que me entra tanto sueño que no puedo ni pensar con claridad. Intento abrir los ojos para mirarla, pero se me cierran los párpados. El sueño me arrastra.

—Vamos. —La voz de mamá suena muy lejana. Apenas soy consciente de su brazo en mis hombros. Dejo que me lleve a casa.

Me rodea la suavidad de la cama. Estoy casi dormida.

Sin embargo, sé que ella sigue ahí porque noto el calor de su cuerpo apoyado en mi brazo.

—¿Podrás perdonarla? —me pregunta cuando ya caigo en el sopor.

—A lo mejor —murmuro—. Creo que me gustaría.

—No hacía falta inventar un mundo perfecto para ti —susurra—. Eres fuerte, Pearl, más fuerte que yo. Lo bastante fuerte para ver la vida como es: complicada y aterradora, insoportable... —Me da un beso—... Y maravillosa. —Y añade—: Te quiero.

Sé que se ha levantado porque su calor se desvanece.

—Espera... —Intento cogerle la mano, pero mis movimientos son demasiado lentos, pesados y torpes—. No quiero que te vayas todavía...

Cuando me despierto, el sol entra a raudales por la ventana. Es tarde. Demasiado tarde.

Me incorporo parpadeando, aterrada.

Se ha ido. Lo sé.

Se ha ido.

Se ha ido.

Se ha ido.

Me tapo la cara y lloro desesperada. No sé si dejaré de llorar.

Oigo los pasos de papá, y al cabo de un momento me rodea con sus brazos, unos brazos fuertes que me hacen sentir segura, como siempre, desde que era pequeña.

—Se ha ido, papá —digo por fin—. Se ha ido de verdad.

—Sí. —Y él también llora.

Estoy exhausta, vacía, sin fuerzas, y aun así no puedo dejar de llorar. Las lágrimas siguen fluyendo por mis mejillas tensas y escocidas. Tengo los ojos hinchados.

—No sé qué hacer. ¿Qué vamos a hacer, papá?

Me abraza sin decir nada. Luego me besa en la cabeza y me coge de la mano.

—Ven.

Voy tras él.

—Mira.

Estamos ante la cuna de la Rata. La niña duerme, con los brazos por encima de la cabeza.

Es su cumpleaños.

Oigo el suspiro de su aliento entre sus labios entreabiertos, veo subir y bajar el pecho una y otra vez.

—Rose —susurro.

Bajo la escalera y salgo al jardín. El sol brilla tanto que si cierro los ojos aún veo las siluetas de los árboles proyectadas en el interior de los párpados. Al otro lado de la tapia se oye a los niños que se han mudado a casa de Dulcie. Están jugando, saltando entre risas en su cama elástica. En lo alto, los pájaros y el constante rumor de los aviones.

A mi espalda, mi casa.

Y a mis pies, en la tierra, brotes verdes, pálidos pétalos listos para florecer.

El mundo puede dar un vuelco en cualquier momento. Pero por ahora...

Por ahora el mundo sigue girando y yo sigo respirando: inspiro, espiro. Inspiro la vida que me rodea en este jardín, en esta ciudad, en los campos más allá, en el mar más allá de los campos y en las orillas al otro lado del mar; una vida que tiende hacia las estrellas, hacia el espacio inalcanzable, incognoscible, más allá de todos nosotros.

El mundo puede dar un vuelco en cualquier momento.

Pero ahora mismo eso no importa.

Agradecimientos

Todo mi amor y mi agradecimiento a mis padres, Helen y Brian Furniss. Sin vuestro apoyo —emocional, práctico, financiero y editorial— no podría haber escrito este libro. Gracias también a David, por tu fe ciega en que sería capaz de escribir una novela digna de ser leída, y por los sacrificios que hiciste para que lo intentara.

Gracias a Julia Green y a Steve Voake por vuestros consejos, y a mis compañeros estudiantes del Bath Spa MA Writing for Young People: Blondie Camps, Alex Hart, Helen Herdman, Lu Hersey, David Hofmeyr y Sasha Busbridge. Todos habéis contribuido a que este libro sea lo que es.

Gracias también a Linda Newbery, Malorie Blackman y Melvin Burgess. Vuestra fe en mi obra me ayudó a seguir adelante cuando quería abandonar.

Gracias al equipo de Simon and Schuster por vuestro entusiasmo y vuestro arduo trabajo, sobre todo a Ingrid Selberg, Jane Griffiths, Elisa Offord, Kat McKenna, Laura Hough, Maura Brickell y Preena Gadher.

Y, por último, gracias a mi agente, Catherine Clarke, por tener siempre razón en todo.

3 1237 00347 9004